U0948655

金色俄罗斯

Золотая Россия

马可·波罗

Марко Поло

[俄] 什克洛夫斯基 /著

杨玉波 /译

四川人民出版社

图书在版编目（CIP）数据

马可·波罗/（俄罗斯）什克洛夫斯基著；杨玉波译.
—成都：四川人民出版社，2016.8（2021.8 重印）
（金色俄罗斯）
ISBN 978－7－220－09918－2

Ⅰ.①马… Ⅱ.①什…②杨… Ⅲ.①历史小说－
俄罗斯－现代 Ⅳ.①I512.45

中国版本图书馆 CIP 数据核字（2016）第 220347 号

四川省版权局著作权合同登记号：图［进］：21－2016－250

MAKE · BOLUO
马可·波罗

［俄］什克洛夫斯基 著
杨玉波 译

策划组稿	张春晓
责任编辑	刘姣娇
装帧设计	张 妮
责任印制	李 剑
出版发行	四川人民出版社（成都槐树街 2 号）
网 址	http://www.scpph.com
E-mail	scrmcbs@sina.com
新浪微博	@四川人民出版社
微信公众号	四川人民出版社
发行部业务电话	（028）86259624 86259453
防盗版举报电话	（028）86259624
照 排	四川胜翔数码印务设计有限公司
印 刷	成都国图广告印务有限公司
成品尺寸	140mm×203mm
印 张	7.25
字 数	155 千
版 次	2016 年 12 月第 1 版
印 次	2021 年 8 月第 2 次印刷
书 号	ISBN 978－7－220－09918－2
定 价	36.00 元

金色的“林中空地”（总序）

汪剑钊

2014 年 2 月 7 日至 23 日，第二十二届冬奥会在俄罗斯的索契落下帷幕，但其中一些场景却不断在我的脑海里回旋。我不是一个体育迷，也无意对其中的各项赛事评头论足。不过，这次冬奥会的开幕式与闭幕式上出色的文艺表演给我留下了深刻的印象，迄今仍然为之感叹不已。它们印证了一个民族对自身文化由衷的热爱和自觉的传承。前后两场典仪上所蕴含的丰厚的人文精髓是不能不让所有观者为之瞩目的。它们再次证明，俄罗斯人之所以能在世界上赢得足够的尊重，并不是凭借自己的快马与军刀，也不是凭借强大的海军或空军，更不是所谓的先进核武器和航母，而是他们在文化和科技上的卓越贡献。正是这些劳动成果擦亮了世界人民的眼睛，引燃了人们眸子里的惊奇。我们知道，武力带给人们的只有恐惧，而文化却值得给予永远的珍爱与敬重。

众所周知，《战争与和平》是俄罗斯文学的巨擘托尔斯泰所著的一部史诗性小说，小说的开篇便是沙皇的宫廷女官安娜·帕夫洛夫娜家的舞会，这是介绍叙事艺术时经常被提到的一个经典性例子。借助这段描写，托尔斯泰以他的天才之笔将小说中的重要人物一一拈出，为以后的宏大叙事嵌入了一个强劲的楔子。2014 年 2 月 7 日晚，该届冬奥会开幕式的表演以芭蕾舞的形式再现了这一场景，令我们重温了“战争”前夜的“和平”魅力(我觉得，就一定程度上说，体育竞技堪称是一种和平方式的模拟性战争)。有意思的是，在各国健儿经过数十天的激烈争夺以后，2 月 23 日，闭幕式让体育与文化有了再一次的亲密拥抱。总导演康斯坦丁·恩斯特希望“挑选一些对于世界有影响力的俄罗斯文化，那也是世界文化遗产的一部分”。于是，他请出了在俄罗斯文学史上引以为傲的一部分重量级人物：伴随拉赫玛尼诺夫第二钢琴协奏曲的演奏，普希金、果戈理、屠格涅夫、托尔斯泰、陀思妥耶夫斯基、契诃夫、马雅可夫斯基、阿赫玛托娃、茨维塔耶娃、布尔加科夫、索尔仁尼琴、布罗茨基等经典作家和诗人在冰面上一一复活，与现代人进行了一场超越时空的精神对话。他们留下的文化遗产雪片似的飘入了每个人的内心，滋润着后来者的灵魂。

美裔英国诗人 T. S. 艾略特在《诗的作用和批评的作用》一文中说：“一个不再关心其文学传承的民族就会变得野蛮；一个民族如果停止了生产文学，它的思想和感受力就会止步不前。一个民族的诗歌代表了它的意识的最高点，代表了它最强大的力量，也代表了它最为纤细敏锐的感受力。”在世界各民族中，俄罗斯堪称最为关心自己“文学传承”的一个民族，而它辽阔的地理特征则为自己的文学生态提供了一大片培植经典的金色的“林中空地”。迄今，在这片土地上生根发芽并长成参天大树的作家与作品已不计其数。除上述提及的文学巨匠以外，19 世纪的茹科夫斯基、巴拉廷斯基、莱蒙托夫、丘特切夫、别林斯基、赫尔岑、费特等，20 世纪的高尔基、勃洛克、安德列耶夫、什克洛夫斯基、普宁、索洛古勃、吉皮乌斯、苔菲、阿尔志跋绥夫、列米佐夫、什梅廖夫、波普拉夫斯基、哈尔姆斯等，均以自己的创造性劳动进入了经典的行列，向世界展示了俄罗斯奇异的美与力量。

中国与俄罗斯是两个巨人式的邻国，相似的文化传统、相似的历史沿革、相似的地理特征、相似的社会结构和民族特性，为它们的交往搭建了一个开阔的平台。早在 1932 年，鲁迅先生就为这种友谊写下一篇“贺词”——《祝中俄文字之交》，指出中国新文学所受的“启发”，将其看作自己的“导师”和“朋友”。20 世纪 50 年代，由于意识形态的接近，中国与俄国在文化交流上曾出现过一个“蜜月期”，在那个特定的时代，俄罗斯文学几乎就是外国文学的一个代名词。俄罗斯文学史上的一些名著，如《叶甫盖尼·奥涅金》《死魂灵》《贵族之家》《猎人笔记》《战争与和平》《复活》《罪与罚》《第六病室》《丽人吟》《日瓦戈医生》《安魂曲》《没有主人公的叙事诗》《静静的顿河》《带星星的火车票》《林中水滴》《金蔷薇》和《钢铁是怎样炼成的》等，都曾经是坊间耳熟能详的书名，有不少读者甚至能大段大段背诵其中精彩的章节。在一定程度上，我们可以说，翻译成中文的俄罗斯文学作品已构成了中国新文学的一个重要组成部分，成为现代汉语中的经典文本，就像已广为流传的歌曲《莫斯科郊外的晚上》《三套车》《喀秋莎》《山楂树》等一样，后者似乎已理所当然地成为中国的民歌。迄今，它们仍在闪烁金子般的光芒。

不过，作为一座富矿，俄罗斯文学在中文中所显露的仅是冰山一角，大量的宝藏仍在我们有限的视阈之外。其中，赫尔岑的人性，丘特切夫的智慧，费特的唯美，洛赫维茨卡娅的激情，索洛古勃与阿尔志跋绥夫在绝望中的希望，苔菲与阿维尔琴科的幽默，什克洛夫斯基的精致，波普拉夫斯基的超现实，哈尔姆斯的怪诞，等等，大多还停留在文学史上的地图式导游。为此，作为某种传承，也是出自传播和介绍的责任，我们编选和翻译了这套《金色俄罗斯》丛书，其目的是进一步挖掘那些依然静卧在俄罗斯文化沃土中的金锭。可以说，被选入本丛书的均是经过了淘洗和淬炼的经典文本，它们都配得上“金色”的荣誉。

行文至此，我们有必要就“经典”的概念略做一点说明。在汉语中，“经典”一词最早出现于《汉书·孙宝传》：“周公上圣，召公大贤。尚犹有不相说，著于经典，两不相损。”汉朝是华夏民族展示凝聚力的重要朝代，当时的统治者不仅实现了政治上的统一，而且也希望在文化上设立标杆与范型，亟盼对前代思想交流上的混乱与文化积累上的泥沙俱下状态进行一番清理与厘定。客观地说，它取得了一定的成效，虽说也因此带来了“罢黜百家”的重大弊端。就文学而言，此前通称的《诗三百》也恰恰在那时完成了经典化的过程，被确定为后世一直崇奉的《诗经》。关于“经典”的含义，唐代的刘知几在《史通·叙事》中有过一个初步的解释：“自圣贤述作，是曰经典。”这里，他将圣人与前贤的文字著述纳入经典的范畴，实际是一种互证的做法。因为，历史上那些圣人贤达恰恰是因为他们杰出的言说才获得自己的荣名的。

那么，从现代的角度来看，什么是经典呢？商务印书馆出版的《现代汉语词典》给出了这样的释义：1. 指传统的具有权威性的著作：博览经典。2. 泛指各宗教宣扬教义的根本性著作。不同于词典的抽象与枯涩，意大利著名作家卡尔维诺归纳出了十四条非常感性的定义，其中最为人称道的是其中两条：其一，一部经典作品是一本每次重读都像初读那样带来发现的书；一部经典作品是一本即使我们初读也好像是在重温的书。其二，经典作品是一些产生某种特殊影响的书，它们要么自己以遗忘的方式给我们的想象力打下印记，要么乔装成个人或集体的无意识隐藏在深层记忆中。参照上述定义，我们觉得，经典就是经受住了历史与时间的考验而得以流传的文化结晶，表现为文字或其他传媒方式，在某个领域或范围具有一定的权威性和典范性，可以成为某个民族，甚或整个人类的精神生产的象征与标识。换一个说法，每一部经典都是对时间之流逝的一次成功阻击。经典的诞生与存在可以让时间静止下来，打开又一扇大门，带你进入崭新的世界，为虚幻的人生提供另一种真实。

或许，我们所面临的时代确实如卡尔维诺所说："读经典作品似乎与我们的生活步调不一致，我们的生活步调无法忍受把大段大段的时间或空间让给人本主义者的悠闲；也与我们文化中的精英主义不一致，这种精英主义永远也制订不出一份经典作品的目录来配合我们的时代。"那么，正如沙漠对水的渴望一样，在漠视经典的时代，我们还是要高举经典的大纛，并且以卡尔维诺的另一段话镌刻其上：“现在可以做的，就是让我们每个人都发明我们理想的经典藏书室；而我想说，其中一半应该包括我们读过并对我们有所裨益的书，另一些应该是我们打算读并假设对我们有所裨益的书。我们还应该把一部分空间让给意外之书和偶然发现之书。”

愿《金色俄罗斯》能走进你的藏书室，走进你的精神生活，走进你的内心！

译　序

杨玉波

维克多·鲍里索维奇·什克洛夫斯基（1893—1984）是俄罗斯著名文艺理论家、俄国形式主义学派的创始人和领袖人物，他的一些文论著作，如《作为手法的艺术》《故事和小说的结构》《散文理论》等，早在20世纪80年代就已经被译介到国内，其散文理论，尤其是陌生化诗学多年来备受国内读者和研究者关注。什氏的文艺理论和主张在20世纪欧美文艺理论界颇具影响，甚至对整个20世纪的文学理论和文学批评的发展和走向具有奠基性作用。除了文艺理论著作外，什氏还写了大量的散文作品，他不仅是卓越的文论家，也是一个创作颇丰的作家，其文学创作内容丰富、形式多样，在俄罗斯文学界产生了一定的影响。《马可·波罗》是什氏创作的历史小说，体现出作家对东方文化，尤其是丝路文化、中国文化浓厚的兴趣和关注。

一

作为文艺理论家，什克洛夫斯基在文学领域中的活动始于1913年12月，当时他在未来派讨论会上做了题为《未来派在语言史上的地位》的报告，自此直至20世纪20年代中期，他一直大力宣传自己的文学主张，出版了《词语的复活》(1914)、《马步》(1919—1923)、《罗扎诺夫》(1921)、《散文理论》(1925)、《汉堡记分法》(1923—1928) 等文论著作，从而成为形式主义学派的核心人物和代表人物。与此同时，什氏也从事文学创作，在文艺理论研究和文学创作等方面均展露出独特的才华。早在1908年他就创作了第一部短篇小说《悲痛的理由》，发表在杂志《春天》上。什氏最初还创作过诗歌，出版过诗集《沉重的命运》(1914) 和《占领》(1915)，但是其独立的文学创作以散文为主，而电影脚本多为与人合作。

1921年至1922年初生活在彼得堡期间，什克洛夫斯基在写作文艺理论文章的同时，还出版了回忆录《革命与前线》(1919)、《尾声》(1921)、《书桌》(1922)。1922年3月，什氏逃亡到德国。1923年1月于柏林出版自传体小说《感伤的旅行》，这部小说由此前发表的三部小说《革命与前线》《尾声》《书桌》"剪辑"而成，同年还出版了自传体小说《动物园，或不谈爱情的信札，或第三个爱洛伊丝》(1990年俄罗斯"莫斯科"出版社首次出版)。

1923年9月，什克洛夫斯基经高尔基等人斡旋结束侨居生活回到祖国，定居在莫斯科继续从事文学工作。在回国后之初的20年代里，什氏常常在定期出版物上刊发文章，1925 年出版了文集《散文理论》(其中收入的都是他的一些旧作)，同年与作家弗谢沃洛德·伊万诺夫（1895—1963）合著出版了描写未来化学战争的长篇冒险小说《芥子气》(1925)。1926 年出版《第三工厂》，从而完成了自传体三部曲（另外两部分别为《感伤的旅行》和《动物园》）的创作。此后，什氏出版一系列探讨现当代文学的著作，其中包括《马克西姆·高尔基的成功与失败》(1926)、《五位熟人》(1927）和《汉堡计分法》(1928)。由于在莫斯科国家第三电影制片厂工作的关系，什氏在上述时期还写了很多影评文章以及一些电影脚本，有的是独立完成的，有的是与他人合著，例如 1926 年创作的《奴才的翅膀》《依法执行》《叛徒》，1927 年创作的《坑坑洼洼》，1928 年创作的《两个装甲兵》《特鲁博娜亚街公寓》《哥萨克》《上尉的女儿》《牛虻》《最后一个节目》，等等。随后，什氏的兴趣逐渐转向文学史领域，1928 年写作了《托尔斯泰的长篇小说〈战争与和平〉中的材料与风格》。此外，20 世纪 20—30 年代什氏创作了一系列的短篇小说，例如《约会》《手表的故事》《生与死的故事，关于有轨电车的民间故事》《再谈爱情》《户籍管理处》等。

20 世纪 20 年代末至 30 年代初，国内形势发生了变化，时代的氛围也在改变，开始出现一些批判形式主义方法的书籍和文章，形式主义的代表人物受到严厉的批判。在这种氛围之下，对于什克洛夫斯基而言，继续保持原有的立场并写作和发表相关论著似乎是不可能的。对于当时的许多作家来说，从事文学活动相对安全的方式剩下了两个：要么是儿童文学，要么是历史传记文学。许多批评家、文论家因此从文学研究转入了儿童文学创作，例如阿·伊维奇、尼·波格丹诺夫、弗·特列宁、捷·格里茨等人。什克洛夫斯基也将理论研究暂时搁置一旁，表现出对历史题材作品创作的浓厚兴趣，在极短的时间内完成了几部小说，主人公均为历史人物，例如《马特维·科马罗夫，莫斯科市民》(1929)、《贵族博洛托夫简短而可信的故事》(1930)、《主教仆役的生活》(1931)、《侦探马可·波罗》(1931) 等。

20 世纪 30 年代到 40 年代，什克洛夫斯基虽然也写了一些文学评论文章，但较此前减少。他此时主要关注当代文学，评论过肖洛霍夫、奥斯特洛夫斯基、高尔基、马雅可夫斯基的创作。在这一时期，什氏的兴趣仍然集中在历史上，1940 年创作了历史小说《米宁和波扎尔斯基》(1940)。卫国战争期间，作家被疏散到阿拉木图，这一时期的印象主要反映在《相会》(1944) 一书中。战后一段时期，什氏论著极少，他主要的文学活动是电影剧本创作，例如《阿利舍尔·纳沃伊》(1947)、《远方的未婚妻》(1948)、《丘克和盖克》(1953)。

20 世纪 50 年代中期以后，苏联社会发生了巨大的变化，文学界对形式主义学派开始重新评价，什克洛夫斯基、艾亨鲍姆、迪尼亚科夫等形式主义代表人物的学术思想和见解得到肯定。什克洛夫斯基重新回到文学研究和理论探讨上来，而且仍然是从形式主义方法的角度进行文艺理论研究，这原本就是他一生钟情的事业。在这个时期，什氏相继出版的文学研究著作有《关于俄国古典作家小说的札记》(1953)、《赞成与反对：陀思妥耶夫斯基札记》(1957)、《艺术散文：思考与评论》(1959)、《四十年文集：论电影的文章》(1965)，提出“不相似之中的相似”的文艺理论著作《弓弦》(1970)，1979年获得苏联国家奖的《爱森斯坦》(该书第一版发表于1973)及《迷雾的动力》(1981)、《散文理论》(1983)，等等。除了上述理论研究著作以外，什氏出版了《中短篇历史小说》(1958)，其中几篇小说以前发表过，此次出版时作家进行了修订和补充，还有一些小说是以前创作的，但是在这一文集中首次发表。

20世纪60年代以后，什克洛夫斯基仍在坚持文学创作，例如1962年创作的描写自己童年和少年时代生活的回忆录《往事》，1963年创作的传记小说《列夫·托尔斯泰传》，1966年的两卷本小说集《关于小说的故事》等。值得特别指出的是，自传体回忆录《往事》于1972年拍成多集电视剧，什氏因此作为小说家更为出名，其读者越来越多，读者群体的范围也越来越广。

作为奥波亚兹(诗歌语言研究会)的创始人和核心人物之一，什克洛夫斯基将新的理论和思维、新的术语和方法带进文学创作及文学研究，呼吁在文学研究中要重视作品的结构，而非作品反映的社会类型和关系。不仅如此，什氏还通过文学创作践行自己的文学理论和文学主张，其作品风格独特，与传统的小说面貌迥异而自成一体，费定、卡维林、左琴科、阿尔汉格尔斯基、拉扎列夫、拉萨金、萨尔诺夫等许多著名作家都纷纷效仿。关于什氏的散文创作，艾亨鲍姆在《论维克多·什克洛夫斯基》一文中指出：“文学就像呼吸、就像步态一样是他本身所固有的。文学是他的爱好之一。他品尝它的味道，知道用什么来创造它，他自己也喜欢烹饪文学之餐，喜欢将其多样化。”确实，什氏自始至终都在以独特之笔引领读者品味多样化的文学大餐，也影响着一代又一代的文学爱好者、研究者和创作者。可以说，什克洛夫斯基之于俄罗斯文学的意义是难以估量的。

二

在什克洛夫斯基的散文作品中，历史小说占有重要地位，《马可・波罗》是其中创作较早、较为特别的一部小说。自 20 世纪 30 年代起，什氏在近 40 年间的散文创作中多次触及马可・波罗及其相关故事。早在 1931 年，什氏就写过一本关于马可・波罗的小册子，名为《侦探马可・波罗》，由莫斯科的青年近卫军出版社出版。这本书是为儿童系列丛书“先驱就是第一”所撰写的，作家依据马可・波罗所做游记描写了其一生的故事，其中的叙述十分有趣，篇幅接近中篇，可谓后来的《马可・波罗》一书的简写本。1935 年什氏将小说进行修改，一些片段刊发在杂志《星火报》(1935 年第 14 期)、《接班人》(1935 年第 6 期）上面，其全文载于杂志《旗》(1935 年第 6 期和第 7 期)。1936 年，什氏为系列丛书“杰出人物生平”撰稿，再次修改小说《马可・波罗》并出版单行本。1958 年，经过修改和补充，《马可・波罗》收入什氏的文集《中短篇历史小说》，由莫斯科苏联作家出版社出版，小说终成定稿。此外，1969 年青年近卫军出版社还出版了什氏所撰写的儿童读物《地球侦探马可・波罗》。

作为 13 世纪的旅行家和商人，威尼斯人马可・波罗的名字可谓具有世界性意义。在热那亚监狱里，马可·波罗向狱友鲁斯梯谦讲述了自己的旅行及见闻，后者记录并整理成书出版，1307 年马可·波罗亲自修订并将书再版，汉译本多名为《马可·波罗游记》或《马可·波罗行纪》。此后相当长的时间，该书一直是欧洲了解和认识东亚的唯一文献资料，并被翻译为多种欧洲语言。从欧洲到东方的陆路经过俄罗斯南部，因而马可·波罗在其游记的最后一章中描写了俄罗斯和俄罗斯人。该书的俄文译本最早出现在 1861—1862 年，什氏主要参照的是 1902 年出版的 И. П. 米纳耶夫（И. П. Минаев，1840—1890）的译本。米纳耶夫是俄罗斯著名的东方学家，其译本在出版时由东方学家、科学院院士巴托尔德（1869—1930，В. В. Бартольд）审校，从而确保了该书的严谨性和科学性，这也许正是什氏选择该译本的主要缘由。需要指出的是，什氏在创作《马可·波罗》时并未仅仅参考《马可·波罗游记》一书，而是对比和研究了很多与之相关的文献资料，例如意大利传教士若望·柏郎嘉宾的《蒙古史》、西班牙旅行家兼作家克拉维约的《克拉维约东使记》等书。他虽然以马可·波罗的叙述为基石，但是却在小说中融入了很多自己的看法和结论。

随着马可·波罗逐渐为欧亚许多国家的人民所了解，他的人生历程、他的经历和遭遇也随之引起世人关注，许多国家出版了描写马可·波罗的传记作品或小说，尤其是 20 世纪以来，这样的作品越来越多。在不同国家、不同作者笔下，马可·波罗的形象也不尽相同，什氏也在《马可·波罗》中塑造了威尼斯贵族的伟大后裔的形象。

什克洛夫斯基小说中的马可·波罗，首先是一个无所畏惧的威尼斯贵族。马可·波罗的家族虽然“算不上是最富有或最有声望的家族”，但是他的“祖先们在威尼斯拥有显赫的地位”。什克洛夫斯基在小说《马可·波罗》中则不吝笔墨，多方证明马可·波罗出身于威尼斯贵族。马可·波罗的父亲和叔父拥有贵族的徽章，因此马可·波罗也有贵族徽章，有权经商，甚至有权担任公爵。马可·波罗出生时即丧母，父亲远在异国他乡，他由亲戚抚养长大。即便如此，马可·波罗在童年和少年时期仍然接受了贵族教育，学习了射箭、划船等威尼斯贵族必须要学习的技能。在没有父母约束的情况下，马可·波罗相对自由地成长，反而培养了他无拘无束、无所畏惧以及“积极进取的性格”。所以，虽然所有人都惧怕忽必烈，马可·波罗却是个例外，不仅如此，马可·波罗“谁都不怕”。正是具有这种无所畏惧的性格和精神，马可·波罗才能随同父亲和叔父穿越漫长的丝绸之路，克服重重阻碍和危险来到中国，并最终想尽办法回到家乡威尼斯。其次，马可·波罗是深受可汗喜爱和信任的“智者”。马可·波罗聪颖异常，具有超强的学习能力和记忆力，会多种语言。马可·波罗随父亲和叔父来到蒙古以后，他在极短的时间内学会了他们的语言（蒙古语）和四种文字（八思巴文、阿拉伯文、回鹘文和叙利亚文）及其书写。马可·波罗还会说法语，会用这些语言说出货物名称。马可·波罗不仅具有语言天赋，而且他还有超常的记忆力，凡是旅途中的所见所闻以及道路情况，马可·波罗都清楚地记得，也都会讲给可汗听，深受可汗喜爱和信任，并被称为“智者”，从而逐渐成为可汗身边关系亲密的人。

正是凭借其无所畏惧的性格和过人的智慧，马可·波罗成为穿越丝绸之路并记录沿途见闻的大旅行家。根据什克洛夫斯基在《马可·波罗》中所写，马可·波罗十五岁时第一次见到父亲和叔父，此后便跟随父亲和叔父经商和旅行，开始了他的东方之旅，经过欧亚大陆的很多地区最终到达中国。马可·波罗一行人从威尼斯出发，最先来到阿克拉求见新当选的教皇，此后前往拉亚斯，再经由莱亚苏斯港直达土耳其的埃尔祖鲁姆，此后经由波斯的大不里士城、萨韦城、伊耶兹特城、克尔曼王国、霍尔木兹市一直抵达波斯湾。他们从这里几乎笔直向北而行，走陆路途径帕米尔高原，最终来到忽必烈的王宫。马可·波罗所走路线，大部分地区正是中国古代丝绸之路途径之地，从威尼斯出发到抵达忽必烈的宫廷历时四年，路途中充满了危险和波折。在中国生活期间，马可·波罗备受忽必烈的喜爱和信赖，不仅让他常常跟随自己狩猎或者出行，还经常受其指派在其国内各地巡查，甚至远征国外，马可·波罗借此几乎“已经游遍了中国”。众所周知，从空间上而言，广义的丝绸之路指古代中西方商路的统称，包括陆上丝绸之路和海上丝绸之路，马可·波罗就是由陆上“丝绸之路”来到中国，又由“海上丝路”返回故土。这样一来，马可·波罗既了解丝绸之路沿途各国的社会经济状况和风土人情，也熟知丝绸的原产地中国发生的政治经济事件、文化和社会生活以及风俗，他常伴忽必烈左右并谙熟宫廷规矩和礼仪。马可·波罗对上述情况的了解和掌握很少有西方旅行家能够企及，这一点已经是公认的事实。这是马可·波罗及其《马可·波罗》游记对世界的巨大贡献，马可·波罗是当之无愧的伟大旅行家，是走在那个时代前面的人。

需要特别指出的是，什氏在作品中不仅塑造了大旅行家马可·波罗的形象，还真实而又生动地再现了13世纪横跨欧亚大陆的古代丝绸之路以及中国各地的一些历史状况，再现了丝绸之路沿线一些国家的社会、经济、文化和风俗，在一定程度上还原了丝绸之路的历史风貌，传达了作家对丝绸之路、丝路文化以及丝路精神的认识。在什氏看来，各个国家和民族通过丝绸之路不断交往和交流，在发展自身文化的同时，也共同创造了人类文化，正如作家在小说结尾所指出的那样："人类的文化不是在欧洲，不是在地中海创造的，不是意大利人，不是斯基泰人，不是德国人，不是阿拉伯人，不是中亚居民，不是俄罗斯人，不是中国人创造的——它是由整个人类和全世界的共同努力创造出来的。"什氏也许正是基于上述原因对丝绸之路予以多元化书写，尝试解读东方和丝路文化，同时这与其对东方文化，尤其是中国文化的关注有密切关系，也是作家本人的兴趣和思想观念使然。

需要指出的是，什克洛夫斯基在小说中践行了自己的文学理论和主张，小说并没有抹去陌生化的手法，其中充斥着精短的段落，大段的描写和议论较为少见，大量使用不定人称句、省略句、无人称句以及多种修辞格，广泛运用蒙太奇、重复、隐喻、延宕等叙事手法，从而使其与众多同类作品相异，既传达了对丝绸之路的文学想象以及对人类历史的思考，也反映出作家特有的历史小说创作观念。毫无疑问，《马可·波罗》作为一部历史小说，具有较强的艺术性、趣味性和可读性。

目 录

Contents

圣马可之城[1]

关于威尼斯，世界上各种语言的很多书籍都有记述。英国人莎士比亚写过两部非常出名的戏剧，与这座意大利城市有关。莎士比亚笔下的威尼斯商人夏洛克[2]是犹太人，威尼斯将军奥赛罗[3]是摩尔人。

威尼斯是一座国际化的城市。

威尼斯的名字起源于一个民族——威尼提族[4]的名字。这是一个非常古老的民族。

---

1 圣马可，也称"圣史马尔谷"，新教汉译为"圣马可"，新约人物，一般认为他是《马尔谷福音》(《新约·马可福音》) 的作者，为耶稣七十门徒之一，亚历山大科普特正教会的建立者。威尼斯有座著名的教堂，名为"圣马尔谷圣殿宗主教座堂"，中文多译为"圣马可大教堂"，是意大利威尼斯的天主教主教座堂，也是天主教的宗座圣殿，是世界上知名的教堂之一，并且是拜占庭式建筑的著名代表。圣马可大教堂坐落在圣马可广场东面，与总督府相连。最初它是总督的教堂，1807 年起成为天主教威尼斯总教区的主座教堂，同时是威尼斯宗主教的驻地。在本书中，什克洛夫斯基用"圣马可之城"指代威尼斯。

2 夏洛克，莎士比亚创作于 1596—1597 年的讽刺性喜剧《威尼斯商人》中的人物，他是犹太人，以放高利贷和吝啬贪婪著称。

3 奥赛罗，莎士比亚创作于 1603 年的悲剧《奥赛罗》中的人物，他是摩尔人，供职于威尼斯军队。

4 威尼提族，罗马时代的民族，也是最早进入意大利的部族之一。也可译为"维涅特"。

定居于亚得里亚海沿岸的威尼提人完全融入罗马帝国的多民族居民中以后，欧洲还留下其他一些威尼提人——居于波罗的海沿岸。即便在当时，即在两千多年以前，学者们就发生过争执：亚得里亚的威尼提人与波罗的海的威尼提人之间是否存在亲缘关系。

波罗的海沿岸的威尼提人有自己的威尼提城，它坐落在浅滩上，距离现在的斯德丁市——古老的斯拉夫城市什切青[1]不远。

波罗的海沿岸的威尼提人是斯拉夫人。

古希腊地理学家斯特拉波[2]生活于公元之初，他肯定地认为，北方的威尼提人与亚得里亚海沿岸的威尼提人是同一个民族。

总的说来，斯拉夫人在古代被他们南方和西方的邻邦称为威尼提人、文德人[3]（正如同被称为安迪人[4]一样）。

当代历史学家认为，从具有波罗的海地区特点的名称以及来源上看，威尼提人（文德人）与维亚季奇人[5]的部落有亲缘关系。

维亚季奇人当时居住在俄罗斯中部，在奥卡河沿岸的森林里，沿河两岸生活。维亚季奇人的部落徽记——即图腾——是海狸的图案。

波罗的海沿岸的威尼提人与亚得里亚海沿岸的威尼提人之间的

---

1 斯德丁，波兰城市，即现今的什切青，是波兰西波美拉尼亚省的首府，也是波兰第七大城市和波兰在波罗的海的最大海港。历史上被波兰、瑞典、丹麦、普鲁士和德国先后统治，1720 年被当时还是神圣罗马帝国一部分的普鲁士占领，取名斯德丁，在德国统治期间一直沿用此名。第二次世界大战以后成为波兰的一部分，留在那里的德国人被驱逐回德国。斯德丁的波兰移民主要来自波兹南地区，城市也改名为什切青，如今已经成为波兰最具吸引力的城市之一。

2 斯特拉波（公元前 64/63—公元 23/24），古希腊地理学家和历史学家。

3 文德人，中世纪德意志人对西斯拉夫人的称呼。

4 安迪人，4—6 世纪居住在德涅斯特河与第聂伯河之间的东斯拉夫部族。

5 维亚季奇人，东斯拉夫人的一个部落。

亲缘关系尚未得到证实。在远古时期威尼提人就已经从亚得里亚海沿岸销声匿迹；他们的文化融入罗马帝国的文化，他们的语言被拉丁语吸收。威尼提人的文化最初并不落后于罗马文化。关于这一点，在埃斯泰市[1]附近进行考古挖掘时发现的威尼提人陵墓和碑文可以证实。《罗马史》的作者蒙森[2]断言，古罗马人在阿里亚河[3]战败以后，拯救卡比托利欧山[4]的，并非传说中的白鹅，而是聪明、勇敢的威尼提士兵。著名的罗马历史学家蒂托·李维[5]就出身于威尼提人的城市帕多瓦[6]。

古老的威尼斯的风习起源于威尼提人的风俗和生活习惯。

这里曾经是海上之国，船舶之国。

在拜占庭，海蓝色被称为威尼提色。

斯特拉波还见过威尼提人原有的土地。他说，这片土地上“河渠和堤坝纵横交错……那里的一些城市就像岛屿”。关于威尼提城市拉韦纳[7]，斯特拉波写道：“拉韦纳是地处沼泽之中的城市，用木材建造而成。在那里，人们需要借助于桥梁和船只进行联络。”

1　埃斯泰，是意大利帕多瓦省的一个市镇。

2　蒙森（1817—1903），德国历史学家。

3　阿里亚河，意大利的河流，是台伯河（即特韦雷河）的支流。公元前390年7月18日，在阿里亚河岸边高卢人击溃了罗马军队并洗劫了罗马，古罗马因此将7月18日视为不幸的日子

4　卡比托利欧山，是意大利罗马七座山丘之一，也是最高的一座，为罗马建城之初的重要宗教与政治中心，介于古罗马广场与战神广场之间。在古罗马时代，山上曾建有朱庇特神庙。

5　蒂托·李维（公元前59—公元17），古罗马著名的历史学家，他写过多部哲学和诗歌著作，最出名的巨著是《罗马史》。

6　帕多瓦，意大利城市。

7　拉韦纳，又译“腊万纳”、“拉文纳”、“拉温拿”。意大利北部城市，位于距亚得里亚海十公里的沿海平原上，博洛尼亚以东一百一十一公里处，是古代罗马的海港。

威尼斯城出现于约一千五百年前；在斯特拉波生活的时代，威尼斯如今的所在地当时还是一片冷冷清清的沙滩。

在草地上，渔民们住在吊脚楼里，他们用编织的篱栅抵御海浪和沙子的侵袭。

威尼斯城出现在浅滩上，是因为大地变得危险了。

草原从多瑙河一直通向遥远的中国，牧民自古以来就在那里过着游牧生活；在欧洲，人们甚至不知道是哪个民族在那里游牧，各民族原本的名字传到欧洲都已经失真了

里海将辽阔的草原带一分为二。通向南方的道路沿海岸而行，途经杰尔宾特[1]附近的狭窄通道；另外一条道路更长，它穿过草原，向东通向里海北岸。

草原上生活着游牧民族。他们夏天到山上去，冬天下来进入山谷。在冬季，牲畜吃的是从积雪下刨出来的干草。

畜群行走的路线是固定的，且与外界隔绝。每一个游牧圈都归属于某个独立的部族。在歇脚的地方挖有水井，水井往往极深。井壁用枯树枝编制的篱栅或砖石加固。人们从井里拽上来长长的皮桶，把水倒进饮牲口的水槽。

在饮水处羊群挤作一团。

畜群饮好了。人们再次上路。走在畜群后面的是牧民，还有骆驼，它们驮着帐篷。

1　杰尔宾特是俄罗斯塔吉斯坦共和国第二大城市，也是俄国最南的城市，同时还是俄罗斯最古代（青铜时代）的一个城市。据记载，杰尔宾特有六千多年的历史，其城塞、古城和要塞于 2003 年被列入世界文化遗产名单。

许多宽阔的商路穿过游牧圈，那些商路通往欧洲完全不了解的遥远的国度。

商路是骆驼那长满老茧的蹄子踏出来的，是强壮的马蹄和驴子的小蹄子踩出来的。

路面低洼——好像一道道沟似的；路边点过篝火的地方黑魆魆的，而干枯的骆驼骨头和马骨则像是稀疏的白色篱笆。

在干旱年份，在战争年代，或者一个部落战胜另一个部落，而酋长将草原上各个游牧部落联合起来的时候，游牧圈便遭到破坏，一些游牧部落则沿着商路或者流动到中国，或者到一些富庶的波斯城市，抑或到遥远的欧洲。

草原总是动荡不安。游牧圈袭击游牧圈，畜群混杂在一起，人们聚集起来。战败者被编入部落联盟的先头部队。

部落联盟在行进，牲畜啃食青草。牧民砍伐树木，用树枝喂羊。

然而，即便那时，士兵们也还是保护着商队走的大路，因此商人们可以前往交战的各国。

5 世纪时匈奴踏遍了欧洲。

他们的单于阿提拉[1]占领了意大利波河[2]沿岸的整个上游地区。这在当时令人深感恐惧，甚至有人说，好像连鸟儿为了救下幼崽，都把它们含在嘴里飞向了大海，飞向海边的盐沼地。

海岸边总是泛着白色的泡沫。

1　阿提拉（406—453），古代欧亚大陆匈奴人的领袖和皇帝，史学家称之为“上帝之鞭”，曾多次率领大军入侵东罗马帝国及西罗马帝国，并对两国构成极大的打击。

2　波河，意大利最大的河流。

河流汇入大海之时，冲积而成沙嘴。

混浊的海浪浪尖发白，迎着淡水奔腾而来。伊尔河[1]汇聚了大海的泥沙，而浅滩阻断了河水的去路，一些小岛以长形沙丘围起潟湖，并从中间横贯而过。

人们为躲避匈奴，逃到潟湖后面的岛上。

这里的威尼提人接纳了逃亡的人们。

匈奴没有占领这些岛屿。

此后进攻威尼斯的是德国国王查理大帝[2]的军队，但是亚得里亚海沿岸的斯拉夫人击败了查理的部队，威尼斯潟湖的居民点得以保全下来。

浅滩上的村落逐渐增多，由一座座桥梁连接起来。

起初，威尼提人的民权在各个岛上还有所保留，城市由各街区的当选者管理；较大的岛屿被称为大岛，其他岛屿则被称为小岛。

城市逐渐发展，但是并不安宁，其管理者不是大公，而是选举出来的总督；早期的二十九位总督中有四人被刺瞎，四人被驱逐，三人被打死，五人自己主动放弃了权力。

这个不安宁的城市越来越富有，一直做着买卖；它买卖食盐。

威尼斯人载着食盐来往于各个海域，在不同的港口抛下自己的双齿锚。

---

1 伊尔河，奥地利的河流，位于该国西部，属于莱茵河的支流。

2 查理大帝（742—814），又称“伟大的野蛮人查理曼”，是中世纪800年左右的法兰克国王，后来加冕为“罗马人的皇帝”。查理曼勇武善战，他在位的十四年期间，发动过大大小小五十多场战争，控制了大半个欧洲的版图，他的帝国实际上达到包括今日的大部分法国、德国、瑞士、奥地利以及意大利的一个地区和许多的边界地区。

世界是广阔而神秘的，商路将各个国家联系起来，但是远方却被大篷车和灰尘遮住了。

威尼斯与希腊进行贸易，前者被认为是拜占庭帝国的附属国。它占领了达尔马提亚海岸[1]，它需要这个海岸，以便砍伐造船用的橡木以及招募船员。

威尼斯人的船只也到过埃及，还到过一处辽阔闭塞的海域，即所谓的俄罗斯海或者黑海。从那里运来面包、鱼、蜡、皮革、奴隶。

威尼斯赢得了属于自己的圣人，并雇佣希腊人建造了圣马可教堂。

威尼斯逐渐变成了海上运输业之城。威尼斯人从事货物运输业务，而且承担风险，同时收取货物价值的百分之三作为运费。

一些岛上出现了手工业者：有铸造工、毛纺工、首饰匠、染色工。

威尼斯的玻璃非常出名。

亚得里亚海沿岸的威尼提人已经不说拉丁语了，各个岛上听到的都是意大利语。

人们住在木结构房子里，用茅草和板条铺房顶。房子建在木桩上。

房子之间则是运河。

建筑物之间的狭窄通道成为小巷，这些巷子三个人都无法并排通过。一些地方的小巷扩展成小草坪，小草坪上放牧着牛羊。

---

1 达尔马提亚海岸，在克罗地亚东南部和南斯拉夫南部沿海，北起伊斯的里亚半岛，南至德林湾，绵延七百多公里，以当地古代部落的名称命名。

圣马可广场被青草覆盖，周围栽种着树木。这里的树木有十多棵，因此这个地方被称为花园。

城里总有一些猪在溜溜达达，这是圣安东尼修道院的。穆斯林和犹太人不喜欢猪，他们不吃猪肉，因此这些猪在此处毫无性命之忧。据说，有个人想要杀死圣安东尼修道院的一头猪，但是这头猪扑到他身上咬他，然后躲避开警卫逃掉了。

威尼斯人就这样生活在建于大岛浅滩上的狭小城市里。他们去过遥远的地方，但很少谈论所见所闻，因为道路就是秘密：它们通向财富。

圣马可飞狮[1]屹立于亚得里亚海之滨

威尼斯有过一些对手城市。与威尼斯竞争过的有阿马尔菲[2]，但是这个城市被比萨人[3]摧毁。

潟湖拯救过威尼斯。威尼斯的船只援助过拜占庭，因此1085年威尼斯获得了一些新的特权和领地，甚至在君士坦丁堡还拥有一个专属的街区。

在博斯普鲁斯海峡[4]，波浪不宽，浪头却很高。君士坦丁堡港

---

1 圣马可飞狮，威尼斯保护神圣马可的标志。圣马可公元前67年在埃及殉难，828年两位威尼斯的富商在当时总督的授意下，成功地把圣马可的干尸从亚历山大港偷运回威尼斯，存放在圣马可大教堂的大祭坛下。从此，圣马可成了威尼斯的保护神，他的标志是一只带翼的狮子，飞狮左前爪扶着一本圣书，上面用拉丁文写着天主教的圣谕："我的使者马可，你在那里安息吧！"

2 阿马尔菲，意大利坎帕尼亚大区的一个市镇，建立于4世纪。历史上阿马尔菲城是主教教廷，后来成为商业中心，曾是阿马尔菲航海共和国的首都，是公元839年至大约1200年间在地中海的一股重要的贸易势力。在1135年和1137年，阿马尔菲被比萨夺取，迅速降低了该城的重要性。

3 比萨，意大利中部名城，位于阿尔诺河三角洲。比萨是兴建于公元前1世纪的古城，中世纪时比萨成为意大利中部重要的海上共和国，也是在意大利的各城市中最早独立的城邦国家。比萨的名胜古迹以比萨斜塔最为著名。

4 博斯普鲁斯海峡，又称伊斯坦布尔海峡，它北连黑海，南通马尔马拉海和地中海，把土耳其分隔成亚洲和欧洲两部分。

为防范敌人侵袭，用原木做的栅栏式闸门围了起来。岸边站着一个巨人——查士丁尼大帝[1]的雕像，他一只手做出威吓之状指向东方，指向撒拉逊人[2]的方向。

君士坦丁堡做着贸易。威尼斯的船只往来运送货物。

曾几何时，丝绸从一个被称之为赛里斯[3]的神秘民族以及印度进入了罗马。

一磅丝绸价值一磅黄金。

贸易逐渐被威尼斯人所掌控。

威尼斯与东方、埃及、遥远的波斯和布哈拉[4]进行贸易。

威尼斯的竞争对手是比萨和热那亚两座城市。

十字军开始远征富饶的东方——意欲攻占埃及和巴勒斯坦，当远征开始以后，他们以解放圣墓之名鼓动民众，威尼斯人便携带自己的船只在岸边等候十字军，向他们提供运送部队的服务。

十字军没有钱支付运费，然而基督徒之间何须计较？威尼斯总督[5]

---

1 查士丁尼大帝（482/483—565），即查士丁尼一世，527—565 年为拜占庭皇帝。

2 撒拉逊人，也译作撒拉森人，源自阿拉伯文，意为“东方人”。这个词在中世纪不仅仅指现在的阿拉伯人，还涵盖了几乎所有的穆斯林。在早期的罗马帝国时代，撒拉逊只用以指称西奈半岛上的阿拉伯游牧部落，后来的东罗马帝国则将这个名字用于整个阿拉伯民族。

3 赛里斯，拉丁文的原意是“有关丝的”，一般被认为源于中国字“丝”，因此其意为“丝国”、“丝国人”或“中国人”，是战国至东汉时期古希腊和古罗马地理学家、历史学家对与丝绸相关的国家和民族的称呼，一般认为指当时中国或中国附近地区。

4 布哈拉，现为乌兹别克斯坦城市，州首府。

5 即后文中将提到的威尼斯总督丹多洛。恩里科·丹多洛（约 1107—1205），威尼斯历史上著名的商人兼政治军事家，威尼斯共和国总督。他在 1173 年出使君士坦丁堡，于 1192 年出任威尼斯总督；1202 年参加第四次十字军东征，1205 年占领了君士坦丁堡建立拉丁帝国，并去世于此。据说他早年行商时曾在君士坦丁堡被迫害下狱并被弄瞎双眼，因此有人认为这是他后来血洗君士坦丁堡的私人原因。

向十字军提议，让他们平定反抗威尼斯的克罗地亚城市扎拉[1]，以此代替运费。

扎拉位于亚得里亚海岸，在达尔马提亚[2]。这是一个富饶之地，它三面环海，另一面临运河水域。这个城市是按照威尼提人的方式建造的。

在扎拉居住的是克罗地亚人。城里有一些大理石建造的教堂、喷泉和广场。这个城市与威尼斯敌对。

十字军同意攻占扎拉，并且开始围攻该城。但是在围攻时却发现，攻占君士坦丁堡更有利可图。

最初，十字军和威尼斯人作为被废黜的拜占庭皇帝以撒的盟友占领了君士坦丁堡。他们把他从监狱释放出来，归还了王位，然而后来却又从他手中夺占了城市——因为他未能偿付一些债务。君士坦丁堡被洗劫一空。安放在君士坦丁堡赛马场上的四匹鎏金铜马被运到威尼斯，摆放在圣马可教堂顶上。

如今它们依然屹立在那里。

一同运到威尼斯的还有君士坦丁堡教堂的青铜大门，还运来许多白色、黑色和彩色大理石以及蛇纹石的雕像和石柱。

威尼斯国库越发充实。

威尼斯买卖食盐、铁器、玻璃、布匹，还提供军事援助。

---

1 拉扎，现为匈牙利城市，也译为“萨拉”。十字军东征时，扎拉是匈牙利国王艾米利克的领土，威尼斯人要求十字军攻打并夺取萨拉的理由很简单：这座都市仰仗匈牙利王撑腰，截断了威尼斯所属的南北达尔马提亚，而且还不时袭扰威尼斯商船。

2 达尔马提亚，克罗地亚的一个地区，包括亚得里亚海沿岸的达尔马提亚群岛和附近一千多个小岛。

在威尼斯士兵的墓碑上往往写着，他们是“希腊人的恐惧”。

威尼斯总督丹多洛第一个登临君士坦丁堡破损的城墙，在上面插上一面圣马可旗。丹多洛当时已经九十四岁。他获得了“四分之一和半个罗马帝国之主”[1] 的称号，穿上了红色短靴——这是拜占庭皇帝的与众不同之处。

和平之路就在圣马可的魔掌之下。

威尼斯人甚至打算将国家的核心迁至君士坦丁堡，但是潟湖更安全一些。

现在威尼斯只剩下一个对手——热那亚。

在攻占扎拉的战斗中以及夺占君士坦丁堡的时候，威尼斯人为自己找到了一个新的事业——建造攻城炮。会建造船舶的民族，也能造好攻城锤、弹射器和弩炮。

与十字军一起猛攻达尔马提亚和博斯普鲁斯海峡两岸城墙的，还有许多威尼斯人。当时在那里的，或许也有波罗兄弟，他们后来为中国皇帝忽必烈提供过攻打城池的方法。

商人波罗兄弟在威尼斯有一栋房子，另一栋房子在索尔达亚[2]。有关他们的生活，稍后再叙。

1　中国的相关文献中称，丹多洛以“东罗马帝国八分之三的主权人”自居。

2　索尔达亚，现今位于克里木半岛的小城苏达克，当时意大利人称之为索尔达亚。

鞑靼人

穿越草原，从海角天涯，从那向来毫无音信的地方，鞑靼人踏上征程。他们从大陆深处向海洋进发。

人们谈起鞑靼人的时候说，他们无论颧骨、眼睛还是服饰，与其他民族都毫不相像，他们没有规定正确行为的法律，也不禁止任何罪行。

被他们视为犯罪行为的只有用刀触碰火焰，或者用刀从锅中取肉，或者用斧头在篝火旁劈砍并因此殃及火苗；还有拄鞭子、用笼头打马、在可汗的营地内小便、吐出食物、洗衣服和采蘑菇。

据说，所有其他事情在鞑靼人看来都无关紧要，都是被允许的。

他们带领着各部族人民，向西方进发。

13 世纪的前十五年被战火映红了。

所有人都吓得战栗不已，就连英国的渔民都抱怨说，鲱鱼没有顾客可卖——陆地上的商人没有来买鱼——他们可能会被饿死的。

鞑靼人在行进。他们食用一切可以咀嚼的东西，杀死所有反抗他们的人。他们毫不疲倦，因为身边总有备用马匹。他们在骑行时能够忍受酷寒。

走在他们前面的人，人称成吉思汗。他征服了所谓的“契丹人”[1]。

大地在燃烧，而在鞑靼人点燃的大火之中，可以看见世界的边缘。

据说，鞑靼人原本打算从里海右岸通过，但是听说有座磁山[2]，就在里海以北的草原河岸上，他们担心武器被这座山吸走，因此宁愿穿越高加索。

于是，在令人惊慌不安的故事里，在鞑靼人燃起的战火中，历史上首次出现的那些地方，注定要在七个世纪之后决定新的、更可怕的战争结局。有关磁山的最早记载，我们是在意大利传教士若望·柏郎嘉宾[3]的笔记中发现的，他前去侦察，迎面碰上了入侵的鞑靼部落。

鞑靼人在行进。

起初他们在很遥远的地方——在那里，在亚洲。1224 年，他们穿越波斯北部和高加索进入欧洲。俄罗斯大公们到草原上迎战敌人。

---

1 契丹王朝在中国北部持续存在了两百多年，与宋朝形成南北对峙的格局。在此期间，中国中原地区通往西方的丝绸之路被阻断，以致亚欧大陆中西部国家误以为整个中国都在契丹的统治之下。于是，“契丹”成了全中国的代称。马可·波罗在他的游记里第一次向西方介绍东方时，就以“契丹”来命名中国，同时称中国的汉族人为“契丹人”。在本小说中，除了引用马可·波罗和若望·柏郎嘉宾的陈述以外，根据具体语境，均称之为汉人、汉族人或中国人。

2 磁山，即马格尼特山，在俄罗斯境内，其字面意思为“磁山”。

3 若望·柏郎嘉宾（1182—1252），也译为“普兰·迦儿宾”，意大利翁布里亚人，天主教方济各会传教士。于 1246 年奉教宗英诺森四世派遣，抵达蒙古帝国上都哈拉和林，晋见蒙古大汗贵由（窝阔台之子），但是未能说服贵由皈依天主教，于次年返回。若望·柏郎嘉宾著有《蒙古史》一书，记录了他的此次旅行。

战斗发生在迦勒迦河边[1]。

俄罗斯人作战英勇，却因角逐荣誉而貌合神离。鞑靼人团结一致发动攻击，大败俄罗斯人，俘获了几位大公，他们在俘虏身上放上木板，坐在木板上设宴庆祝……

鞑靼人的西征并没有持续不停。在历经几次重大战役和巨大损失之后，他们把占领的地区夷为废墟，接着迅速撤退，而几年以后他们再次进袭，新一轮的战争浪潮席卷了更多的地区。

迦勒迦河战役之后情形也是如此。在轧死虏获的大公们之后，鞑靼人便班师回国，悄然离去。

吸引诸位鞑靼首领的，不仅是前方等待他们的战利品——他们还得兼顾身后草原上发生的事件：在那里人们争权夺势，从各部落的可汗中选出部落联盟首领。人们用毡子把当选的可汗举过头顶，宣布他为新的部落联盟首领。

所以对那些鞑靼首领而言，为了不丧失从共同战利品中获得的封地，保存本部落军队的实力显得尤为重要。

迦勒迦河战役之后，鞑靼人于1237年再次侵袭，率领他们的是拔都[2]。这一次，他烧毁了一些俄罗斯城市，经过波兰和西里西亚[3]进入摩拉维亚[4]，与波兰人和捷克人的联合部队作战，烧毁了匈牙

1 这里指的是迦勒迦河战役，即1223年蒙古与钦查人及基辅罗斯的战争。此次战争以蒙古军的完胜告终。

2 拔都（1208—1255），钦察汗国的建立者。

3 西里西亚，中欧的一个历史地域名称，目前该地域的绝大部分地区属于波兰，小部分属于捷克和德国。

4 摩拉维亚，为捷克东部一地区，得名于起源该区的摩拉瓦河。

利的首都佩斯[1]。

威尼斯依靠的只有自己的潟湖。

匈牙利国王贝拉四世[2]被鞑靼人击败，逃往亚得里亚海，然后再逃到克罗地亚境内。克罗地亚人全体武装起来。起初，他们在亚得里亚海岸上自己的要塞里战斗，后来转入进攻，在杜布罗夫尼克城堡[3]打败了鞑靼人。

被克罗地亚人削弱战斗力以后，鞑靼人退回蒙古。

现在我们知道，拔都当时得知大汗窝阔台[4]去世的消息，便急忙率领军队返回蒙古，以参加新大汗的选举。

灭亡仿佛只是延期了而已。

世界已经了解到他是多么强大，在恐惧中战栗着。

预感到危险的甚至还有罗马教皇英诺森四世[5]——残忍的统帅和阴险的外交官，热那亚人，掌控着所有欧洲列强的王权。他派出一些传教士前往鞑靼人那里——去侦察，去打探：这是些什么样的人?

使者们心怀恐惧地出发了。他们当中有若望·柏郎嘉宾。这位传教士后来就很多情况做了汇报。

我现在引用的柏郎嘉宾书中的内容，准确地记述了鞑靼人征服

1　佩斯，是匈牙利现在的首都布达佩斯的东部地区，约占布达佩斯面积的三分之二，与城市的另一部分布达隔河相望。

2　贝拉四世（1206—1270），蒙古西征欧洲时的匈牙利国王。蒙古军退走后，他重建了国家，后来匈牙利英雄广场还有他的纪念像。

3　现为南斯拉夫城市。

4　窝阔台（1186—1241），蒙古大汗，元太宗，成吉思汗的第三子。

5　英诺森四世（约1195—1254），罗马教皇。

中国北方以及中国南部抵抗他们的情形。

柏郎嘉宾提到了成吉思汗：

“他稍作休整之后，便召集所有部下对契丹发动战争，经过与契丹人的长期作战，征服了他们的大部分土地，把他们的皇帝围困在其都城。鞑靼人围困城市的时间很长，致使部队食物储备不足，而当他们完全没有可吃的东西以后，成吉思汗下令，从每十个士兵中选出一人当作食物。

“该城居民利用投石器和箭矢英勇抗击鞑靼人，石头不够用的时候，他们就投掷银器代替石头，而且主要是熟银，因为这座城池囤积着大量财富。

“战争僵持了很长时间，鞑靼人仍不能攻下城市，他们便挖出一条长长的地道，从军中一直通到城市中心，突然掀开地面，趁人不备出现在城中，与该城居民展开搏斗；鞑靼人攻破城门，打进城内；杀害了皇帝和许多百姓，占领了城市，抢走金银珠宝和所有财富，委任自己人管理上述契丹人的土地，随后班师回国。

“在击败契丹人的皇帝以后，上面所说的成吉思汗第一个当上了蒙古人的皇帝。

“然而，契丹人沿海的部分土地，直至今日他们无论如何都没能占领。”

上述文字写于1245年。

柏郎嘉宾在同一本书中谈到汉族人时写道：

“他们不留胡须，面部轮廓与蒙古人非常相近，但是脸膛没有那么宽；他们的语言很特别，在人们通常从事的各行各业中，全世界都找不到比他们更好的工匠了。

“他们的土地富产粮食、葡萄酒、黄金、白银和丝绸，以及能满足人的基本需求的一切。”

柏郎嘉宾接着描写了有多少民族陷入鞑靼蒙古人的桎梏。这位传教士讲述各种各样的故事，目的在于激发欧洲人抵抗的决心。战败者的命运是可怕的——

“在此之后，他们接着踏上土耳其人的土地，后者是多神教教徒；战胜这片土地以后，他们开始进攻罗斯，在罗斯大地上进行大肆杀戮，摧毁许多城市和要塞，杀害百姓，围困当时的罗斯首都基辅，在长期围困之后将其占领并进行了屠城；因此，当我们从他们的国土上经过时，我们看到无数的人头和死人的骨头横卧在田野上；这个城市非常之大且人口众多，可是现在它几乎所剩无几；那里仅仅剩下两百栋房子，那些仅存的百姓被他们残酷地奴役着……

“从那里回来后，他们来到信奉多神教的莫尔多瓦人的国土上，发动战争打赢了他们。从这里他们接着向前攻打比列尔人[1]的领地，即大布加尔[2]，把它也彻底摧毁了。此后，他们从这里继续向北，进攻巴什科尔特人[3]，即大匈牙利，也将其战胜。”

接着，传教士记述了有关一些神秘民族的故事：

“离开这里后，他们继续向北行进，抵达帕罗斯特人[4]那里，我

1　以前在匈牙利把从保加利亚迁来的居民称为比列尔人。

2　大布加尔，汉语中也称为“大保加利亚”，是保加利亚第一王国成立之前的一个汗国，也称为大保加利亚王国，是8—10世纪在伏尔加河流域的游牧民族的国家。

3　巴什科尔特人，巴什基尔人的自称。

4　帕罗斯特人，北方奇特的名族，意思是“吸食水雾的人”。

们听说，这些人的胃不大，嘴巴很小；他们不吃肉，但是却煮肉——把肉煮熟后，他们便俯身在瓦罐之上吸食肉汤的水雾，仅仅以此维持生命；即便他们吃东西，吃得也非常少。

“从那里再往前，他们到了萨摩盖特人[1]那里。据说，这些人只靠捕猎生活；他们的帐篷和衣服都只用野兽的毛皮缝制。”

帕罗斯特人是什么样的人，难以猜测。在柏郎嘉宾的书中，他们与萨莫耶德人[2]被一并提及。

“不要以为鞑靼人离得很远，”这位传教士说，“要做好准备，在要塞里挖一些深井，储存够吃二十年的食品。但最好出去到野外参加战斗，而不是在要塞里等待死亡，否则就如同猪在圈里、鸟儿在笼里等着厨师动刀。”

激励人们抵抗是必要的，因为鞑靼人是高明的对手。他们有组织纪律性很强的军队来对抗混乱的欧洲军队。关于这支军队，那位柏郎嘉宾这样写道：

“关于军队的建制我们可以做如下说明：成吉思汗下令，每十个人委任一个队长（按照我们的说法可称之为十夫长），每一百人委任一个队长，称之为百夫长，每一千人委任一个队长，称之为千夫长，每一万人委任一个队长，而这被他们称为万夫长。

“统帅部队的将领总共要委任两个或者三个，但是他们都听命于一个人。”

1　萨摩盖特人，乌拉尔—阿尔泰地区的民族，与芬兰人有亲缘关系。

2　萨莫耶德人，也可译为萨摩耶人，是指居住在西伯利亚、使用乌拉尔语系萨莫耶德语族的一些民族的总称。这是一个语言上的分组，而不是民族、文化上的。

鞑靼人在武器方面也超过了欧洲人。他们每个人都配有“两三张弓，或者至少有一张好弓和三个装满箭的大箭囊、一把斧子和一些拉大炮用的绳索”。

鞑靼人渡河的本领是非常出名的，身为侦探的传教士就此写道：

“他们一到达水边，就开始渡河，即使河流很宽也是如此，方式如下：一些较为富有的人弄到光滑的圆形皮革，他们在皮革四周密密麻麻地缝上一些拉手，在这些拉手中穿进去一根绳子，再打好结，大体上形成一个圆形的袋子，里面装满衣服和其他物品，再把这些袋子紧紧连在一起；此后，在中间放上马鞍以及其他一些坚硬的物品；人也坐在中间。

“他们把这种装备拴在马的尾部，让它漂浮在赶马的人前面。

“那些比较穷的人有皮革背囊，缝制甚为细密——这是每个人都必备的。他们在这个背囊里放入衣服和自己所有的财物，把顶端绑结实，挂在马的尾部，带着它一起游过河。”

鞑靼人准备了士兵行军打仗所需的一切——甚至连缝针都没有忘记——因而在他们面前，封建欧洲涣散的军队是不堪一击的。

鞑靼人将战俘作为先头部队，而他们自己则从侧翼绕过敌军。

传教士们告诫说，要想与蒙古人交战，有必要采取新的军队编制，使其听命于千夫长、百夫长。各支部队要同时参战，不要在战斗期间一味地劫掠。

但是阻挡住鞑靼人的，并不是改变了编制的欧洲部队。

鞑靼人的强大帝国本身也是封建国家。它分裂为几个不同的汗国和地区，它不可能永远统一，也可不能永远进攻。

鞑靼人停了下来。原来，和他们做买卖是有利可图的。而且，漫长的道路穿过整个世界，商人们可以到达中国。

原来，鞑靼人不仅会抢劫，还需要购物。

从一些遥远的国家运来许多新的商品。威尼斯运进来一些名字稀奇古怪的布料。市场上开始廉价出售外国布料——中国的、波斯的、布哈拉的[1]、印度的。

有些布料来自阿拉伯，而且名称本身有时就会让人联想起它的产地。例如，马苏林布来自摩苏尔[2]。现在这种布料被称为麦斯林纱，许多国家都有生产，名称的含义早已被人遗忘。巴卡尔布[3]，或者布卡尔布，现在用来称呼粗棉布，但是在18—19世纪这一名字称呼的完全是另外一种轻而薄的布料，往往用来给王后缝制内衣。塔夫绸[4]和克列波津布来自中东，热尔布来自印度。

圣马可飞狮[5]派出侦探踏上漫长的旅程。威尼斯人回想起，威尼斯士兵在君士坦丁堡广场上看到的查士丁尼大帝的雕像，长期以来一直指向东方。

他们得知，鞑靼人的真正名称是蒙古人。

---

1 布哈拉，乌兹别克斯坦第三大城市，位于泽拉夫尚河三角洲畔，沙赫库德运河穿城而过，有2500多年历史，是中亚最古老城市之一。布哈拉曾是古丝绸之路重镇之一，曾在东西方贸易、文化交往中发挥了重要的桥梁作用，至今保留着许多当时的集市贸易遗址。

2 摩苏尔，伊拉克第三大城市，尼尼微省首府，又名“哈德巴”。位于首都巴格达以北362公里，底格里斯河上游西岸。阿拉伯语“摩苏尔”意为“连接点”，该城历史上长期是“丝绸之路”上的一个中间站，也是连接小亚细亚和波斯湾的要地。

3 巴卡尔，克罗地亚的城镇，位于该国西部。

4 塔夫绸，来自波斯语，在波斯语中的意义为“织物”。

5 圣马可飞狮，此处指威尼斯。

蒙古人所在之地，背靠威尼斯的宿敌——撒拉逊人。

他们认为，“敌人的敌人是朋友”，便开始考虑与蒙古人交好。

他们说，蒙古人征服了整个世界和所有民族，因此以为现在可以和所有人通商。

威尼斯人备好船只和货物，打听好人们会买什么以及哪里出售什么。

墨丘利和马尔斯——贸易之神和战神——是一对老盟友。威尼斯人探察着新的市场，装备着商队，同时也在准备战争和建造船只。

准备进行贸易和远征的还有邻国热那亚：砍伐山坡上的树木，把原木锯成木板，让新战船试水。热那亚和威尼斯并非打算与鞑靼人交战，而是相互之间交战。

商人波罗兄弟在里亚托岛上的房子以及其他房子

在里亚托岛上有一栋木房，房顶是灰色板条的。这栋房子里家具不多，有很多箱子和床，床都嵌在壁龛里。

这栋房子里有一个壁炉，壁炉前坐着的通常都是男人。此外，房子里还有一些箱子，里面装满热乎乎的炉灰。坐在这些箱子上取暖的都是女人，因为有一个迷信的说法，女人坐在炉火前不吉利。

人们害怕发生火灾。夜里所有的灯火都熄掉。威尼斯已经着过很多次大火了。特别可怕的是 1105 年和 1114 年发生的火灾，当时整个里亚托岛都被烧毁了。

在房子旁边的院子里，有一个独立的厨房和几个大仓库——那里存放着货物：布料、香料。

房子旁边有一个系船索用的木桩。院子里有一口井，有地下水流入。仓库旁边有单独的货物码头。

离开家门的是两个商人——尼科洛先生和马费奥先生，他们前往东方做生意。尼科洛离开了怀孕的妻子，而要离开多少年——他自己都不清楚。

马费奥没有妻子。威尼斯当时有这样的风俗，兄弟当中只能有一人结婚，而单身的兄弟与妓女住在一起——与这些女人的同居关系不被视为婚姻。这样做是为了避免显赫的富商之家的财产分散。人们并不觉得这种做法奇怪，也不会感到有任何负担。

波罗兄弟准备好食物，在许多仆人的陪同下，他们坐上了船。

他们航行没多久，就看到君士坦丁堡，它地处黑海和地中海之间。

城市看起来非常富裕，即便遭到十字军的破坏且尚未完全恢复。城市四周是高大的围墙，从外观上看就像一个三角形。城里有许多山丘和山谷。从远处引来的水流到各家门口。金角湾的对面是热那亚人的城市：这个城市有两部分——佩拉和加拉塔。金角湾用格栅门封锁着。

这里是城市的港口。

君士坦丁堡和佩拉之间的海峡又窄又深，任何船只都能驶到围墙跟前并放下跳板。

港口上仍然屹立着查士丁尼大帝的雕像，他用一只手指向东方。

城市现在看起来也依然富庶，但是从前更胜一筹。

在用马赛克镶嵌画装饰的圣索菲亚大教堂里，拱门的门口空空荡荡，上面的青铜大门已经被运走。教堂前有根高大的石柱，石柱上面有一匹疾驰的铜马，铜马单足屹立在石柱上。为了防止它倒下，人们用铁链从周围将它固定住。竞技场上常常举办赛马，场地特别大，周围是大理石制作的排成半圆形的阶梯式座位。这里只剩下一些马像的底座，马像都被威尼斯人运到威尼斯去了。

城里并不太平：威尼斯人、热那亚人、希腊人在店铺里、集市上和船上相互攻击。

城里已经预谋好了，人们在等着发动政变。热那亚人和威尼斯人出门都带着武器。

波罗兄弟在君士坦丁堡已经住了五年，开始了第六个年头。

从威尼斯传来消息。尼科洛的妻子生了个儿子。他叫马可，他很健康，可是女人却在分娩时死了。

在君士坦丁堡，店铺、集市依然生意兴隆。河的对岸是佩拉，它炫耀着新的围墙。围墙沿海而建，紧靠着海岸，而后通往山上。在山顶上屹立着一座高大的塔楼。

佩拉和加拉塔的商人——热那亚人——准备霸占整个拜占庭。

威尼斯商人波罗兄弟——尼科洛和马费奥——拥有画着三只寒鸦图案的家族徽章，他们打算再次乔迁。

除了里亚托岛上的房子，除了君士坦丁堡的房子，他们在索尔达亚、克里米亚半岛上的城市里还有自己的房子。他们决定带上货物前往那里。

黑海并不太平。

许多河流汇入这片海域，它沸腾着，打着漩涡，通过博斯普鲁斯海峡流入地中海。

北风和西北风穿过这片海域，让海上的船只都结了冰。

但是兄弟俩的旅途十分顺利，而且他们很快就在一个大港口靠了岸，这是世界上最有名的港口之一。

这个港口名为索尔达亚。

俄罗斯人从前称之为苏罗日，后来又叫它苏达克[1]。

在索尔达亚最初居住的是库曼人——按俄罗斯人的说法是波洛韦次人[2]，他们称自己为乞卜察克[3]。居住在这里的还有热那亚人、威尼斯人、犹太人、哈扎尔人[4]、俄罗斯人。

鞑靼人占领了索尔达亚。居民四散而逃——有的逃到山上，有的逃到山那边，有的逃到大海那边。但是随着时间的推移，贸易逐渐得以恢复。

城墙依旧像从前一样，矗立在高耸陡峭的山岭之上；从远处引来的水依旧像从前一样，从大理石喷泉中奔涌出来；贸易依旧像以前一样，在要塞里照常进行着。

这里有从俄罗斯运来的白鼬、松鼠皮以及其他珍贵毛皮。这里有从亚洲运来的棉绒布、丝绸面料和香料。这里也有贩来的奴隶。

波罗兄弟带着货物来到了索尔达亚。他们在那里有一栋房子，但是并不打算住下来。他们看过了俄罗斯称之为苏罗日货的那些商品，之后就继续往前走。

威尼斯人在这里生活得并不好。就在这里，像在君士坦丁堡一样，现在也有热那亚人。卡法位于今天的费奥多西亚[5]所在地，归属于热那亚人。他们从那里贩来奴隶。

---

1 苏达克，现为乌克兰城市。

2 波洛韦次人，11—13 世纪欧洲东南部的突厥系游牧民族。

3 乞卜察克，也有译为“钦察”，北方古族名。

4 哈扎尔人，即可萨人，又译作卡扎人，一般指西突厥民族，实际上是由北匈奴与西迁至欧洲的一支回纥人组成，也包括当地原住民（包括斯拉夫人），5—10 世纪居住在伏尔加河下游、顿河和喀尔巴阡山麓。

5 费奥多西亚，乌克兰城市。

热那亚人对鞑靼人而言是半附庸的关系，就在1380年，在9月8日，他们甚至被迫在顿河参加过抗击俄罗斯人的战役，这场战役对鞑靼人来说是灾难性的。但是此刻所描述的时代距离那一事件还有一百二十年的时间。

波罗兄弟把索尔达亚的房子转让给一处修道院，然后前往东方。

他们行走在克里米亚大地上。

索尔达亚城附近有个城市索尔哈特——今天的旧克里米亚[1]，目前它仍坐落在辛菲罗波尔[2]公路沿线上。当时这个城市非常大，骑手骑着好马用半天时间才能勉强绕城一圈。

城里的教堂都用大理石和斑岩装饰。

商队从这里走向世界各地。这里建有旅馆，里面住着的那些人把一些贵重的商品运往黑海，却往往不知道这些东西是哪里制造的，通常都是间接购买来的。人所共知的是，从索尔哈特到中国的旅途每人需要花费约两千金卢布。这笔钱还要再加上每头驮畜一百五十卢布的费用。

波罗兄弟乘坐篷车赶路，每辆车上都套着三匹骆驼。

他们走得很慢。

沿途有一些城堡。旅行者在克里米亚总共要经过四十座城堡和城市。几乎每一个城堡里讲的都是不同的语言或方言。这些城堡有的是热那亚人的，有的是希腊人的；有一座石头城，是建在山岩上的——里面住着犹太人。还有些城堡里住着哥特人。

1　旧克里米亚，乌克兰城市。

2　辛菲罗波尔，乌克兰城市，州首府。

在克里米亚，从3世纪起就有哥特人居住，他们大约有三千人。最初他们依附于拜占庭人，后来依附于波洛韦次人，再后来依附于鞑靼人。在《伊戈尔远征记》中提到一些哥特少女，她们身上叮当作响的俄罗斯金饰品就是波洛韦次人劫掠来的。

波罗兄弟行经哥特人和热那亚人的城堡，路过皮里柯普[1]，经过誉满全球的盐场，进入了草原。

他们路过一些山冈，那上面立着石头雕塑。他们还看见了一些库曼领袖的坟墓。坟墓上面悬挂着马皮。

鞑靼人没有动过坟墓，因为他们更加害怕的不是活人，而是死人。

波罗兄弟取道草原，继续前行。

百灵鸟在头顶上唱着歌。太阳晒得很厉害。茫茫草原上的青草沙沙作响。

路途上，他们遇见很多砖塔，一些地方还有许多石头房子——虽然这草原上并不见得出产石头。他们碰到很多墓地——墓地都很大，上面铺砌着石头，有些石头是圆的，有些石头是方的，东南西北四个方向各有四个高大的石柱。

接下来的路程还是草原，其中一片草原上有一个大山冈，山冈上插着许多木杆，木杆上挂着十六张马皮——每面各有四张；旁边的小托盘里放着马奶酒。

蒙古人占领了这个国家。

1　皮里柯普，即乌克兰克里米亚半岛北部的皮里柯普地峡，是连接乌克兰主体大陆与克里米亚半岛之间的交通要道。

波洛韦次人被击败。他们在克里米亚饿得奄奄一息，吃树叶，吃青草，但是周围的蒙古人并不多，于是波洛韦次人便在草原上过起了游牧生活。宿营地只是换了主人。

草原广阔无边。人们隐没在其中，与其交融，就如同青草融入草地一样。

商人兄弟沿着漫长的道路继续前行。

商人兄弟遭遇困境

尾随在波罗兄弟身后的马车，载着货物、给养、过夜用的褥垫。

车队首先向顿河方向进发。

这条被无数商人踏过的商路，从这里一直通往萨莱市[1]。从顿河到萨莱市坐牛车在路上要走二十五天，接着再步行十二天。来到一条大河边，需要向上游走一天的水路才能抵达可汗的首都。从那里到亚伊克河[2]需要走八天，然后再走二十天抵达位于阿姆河[3]畔的花剌子模[4]的首都，接着再走三十五至四十天到达土耳其斯坦的法拉巴特。从法拉巴特到旧伊宁[5]沿商路要走四十五天，然后再走十七天抵达哈密，而从那里到中国的黄河骑马要走四十五天。

1　萨莱，也称老萨莱，又叫拔都萨莱，在阿克托贝一带，在阿斯特拉罕以北 120 公里，拔都以此地为首都至别儿哥时代。

2　亚伊克河，即乌拉尔河，1775 年以前称亚伊克河，发源于乌拉尔山脉南部，是世界第四大内流河。传统上认为它是欧洲与亚洲的界河。

3　阿姆河，河名，得名于沿岸城市阿姆，即今土库曼纳巴德。

4　花剌子模，是一个位于今日中亚西部的地理区域，位于阿姆河下游、咸海南岸，今日乌兹别克斯坦及土库曼斯坦两国的土地上。花剌子模有时也被写作“花拉子模”。12 世纪，这里兴起了以其命名的王朝，1231 年亡于蒙古帝国。

5　旧伊宁，现中国新疆伊宁，在 19 世纪的俄罗斯著述中常常称之为“旧伊宁”。

当时商人们的驮运队就这样来往于商路之上。他们行进缓慢，在路途中交换着商品；在俄罗斯购置了亚麻和亚麻布，运往中国。

但是波罗兄弟到达顿河后，盘点了收入和支出，决定暂时不去中国。他们朝一条河的方向走去，当时叫拉河，也叫伊蒂尔河，现在称之为伏尔加河。

那里有大汗的大本营。

波罗兄弟看到伏尔加河沿岸被毁坏的俄罗斯人、布加尔人[1]的村庄。但是伏尔加河这条伟大的河流，并不是冷冷清清的。

这里的人有很多都在做买卖。伏尔加河上行驶着驳船，不仅运来紫貂、白鼬、雪貂、银貂、松貂、狐狸皮和海狸皮，也运来蜡烛、箭矢、鞣革用的树皮，还有鱼胶、海象牙、蜂蜜、桦树皮和坚果。

从伏尔加河下游运来阿塞拜疆的刀剑和布料。

驳船经过许多被烧毁的地方。

在途中，波罗兄弟得知，大汗控制了东部和东北部许多区域——那些地方如今我们称之为满洲里、朝鲜、中国北部、蒙古、西藏，还有一些地方是现在的塔吉克、乌兹别克、土库曼共和国所在地。

大汗占领了克什米尔[2]和喜马拉雅山的部分地区。

其他可汗征服了从涅瓦河到咸海、从冻土带到克里米亚和高加索的土地，而在另一个方向上一直到多瑙河和喀尔巴阡山脉。

不过，俄罗斯大公们虽然向鞑靼人进献贡品，在其他方面仍保留着自己的权力。

1　布加尔人，亦称保加利亚人。

2　克什米尔，南亚的一个地区，约五分之二为巴基斯坦控制，其余为印度控制。

在西伯利亚有自己的可汗。阿富汗、波斯、俾路支省[1]、广袤的里海以东地区以及小亚细亚的东半部属于成吉思汗部族的另一支脉，此外还有一些汗国，它们包括今天的乌兹别克斯坦和中国的一部分。

边界在阿姆河、咸海、巴尔喀什湖，再往前是阿尔泰地区。

边界变化不定。一些汗国不断建立，又不断解体。

兄弟俩前往别儿哥汗[2]那里，其大本营在伏尔加河畔。

在路上，他们当中加入了一个旅伴——威尼斯人杜杰。

在草原上人们住在安装着车轮的蒙古包里。蒙古包上盖着白色的毡子。有些蒙古包特别巨大，甚至宽达三十英尺。可以把它们从一个地方运到另一个地方，无须拆卸。

二十二头犍牛分套成两排，拉着这辆大车。车轴就像海船的桅杆。许多车满载着大箱子，这些车用骆驼拉着往前走。

威尼斯商人们喜欢住在豪华的蒙古包里，通过翻译与主人们谈奴隶、羊毛和蜡的价格。

人们用马奶酒款待商人们。

当主人喝酒时，他每喝一口，一个仆人就高声喊道："哈！"

他们往往执意让人喝马奶酒，当他们想催促某人喝酒时，就抓住他的两只耳朵用力向两边拉，据说，这样可以让他打开喉咙。

但是没人敢动威尼斯人的耳朵，因为他们在这个国家是外国人。

1 俾路支省，巴基斯坦最大的省，位于西部，北接阿富汗，西邻伊朗，南临阿拉伯海。

2 别儿哥（1209—1266），金帐汗国的可汗，拔都之弟。

这里的人们吃不加盐的肉干，这些肉干没有一点儿臭味。吃肉的时候切成块，就着水和盐吃，因为他们不知道有别的调味料。

然而这个国家十分富庶。这里的面料来自中国、波斯，来自俄罗斯以及其他北方国家的是皮草，这些皮草非常贵重，威尼斯人简直无法移开视线。有钱人都有两件昂贵的裘皮大衣，穷人则穿着狗皮和山羊皮的大衣。

旅程还是非常艰难的，为了回报马奶酒之请，威尼斯人不得不飨以面包干，献出葡萄酒，而这是他们自己路上所需的。

威尼斯人还需要横渡宽阔的河流。

他们把马车赶到一些小船上，让右车轮在一条船上，左车轮则在另一条船上。

渡过河后，他们继续往前走。

他们在草原上过夜，在河边偷偷洗衣服。这里没有人洗衣服，因为鞑靼人担心，上天会因此降下雷灾。洗衣服的人在这里要遭到殴打。

餐具只能用从锅里盛出来的沸腾的稀汤洗涤，然后再把稀汤倒回锅里。

洗手的时候，只能把水含在嘴里，再把水一点一点地吐入手掌窝。

草原已经走过去，他们开始穿越森林。此时已是春天，森林绿意盎然——这是旅行的最佳时期。

商人们受到尊重，他们没有被冒犯。商人们带来的不仅是商品，还有一些信息。两者都是人们需要的。商人们让鞑靼的贵族逐渐习惯使用新的商品，习惯另外一种生活方式：让他们能充分利用从敌人那里缴获的战利品，把它们换成宝石，或者金器，或者布匹。在俄罗斯人与波洛韦次人的战争期间，商人们的驮运队仍然畅通无阻。

在阿拉伯人与十字军战争期间商队也没有间断。

波罗兄弟来到伏尔加河畔，顺利渡过河去，来到一座岛上，这里坐落着布加尔市[1]——城市古老而著名。

布加尔王国曾经统一了不同部落的一些民族，其中也有斯拉夫人。在布加尔，人们生活相当富裕，生产毛皮和皮革，其中有世界著名的软皮。在布加尔王国，人们都穿靴子，靴子在当时被看作是一种财富。

鞑靼人击败了布加尔王国，接手该国的贸易。

布加尔市主要是在冬天有人居住，夏天许多居民带着畜群出城到野外游牧。在冬季，城市周围搭建起一些帐篷，城市便扩大了。

城中有很多用松木和橡木建成的木房。城市正中间耸立着一座圆塔，有七十二级台阶的陡峭楼梯通向塔顶。

在这里，波罗兄弟遇见了别儿哥汗。

正是他进行了罗斯的第一次人口普查，也是他在蒙古可汗中第一个接受了伊斯兰教。蒙古人此前都崇拜火，相信鬼神，认为通过跳神作法可以把鬼神招来。

在鞑靼人那里居住着不同信仰的人们——聂斯托利派、雅克比特教徒——东方古代基督教会余脉、天主教徒、东正教教徒。据俄

1　布加尔市，也称保加尔市，现为喀山。

罗斯圣徒传中记述，鞑靼可汗之妻有时会对俄罗斯大主教表达敬意。

信仰问题就是影响问题。难怪教皇派遣传教士作为使者前往蒙古人那里。穆斯林占了上风。

在波罗兄弟的时代，局势还不太稳定。

别儿哥对待两兄弟十分亲切。

当时可汗五十六岁。他宽大的脸膛是黄色的，下巴被稀疏的胡须隐隐约约地遮蔽着，黑色的头发梳到耳朵后面，一只耳朵上戴着镶着大宝石的金耳环；身着丝绸长袍，头戴布加尔制作的绿色椭圆形皮帽，脚穿红色搓纹革皮鞋，宽腰带和帽子上镶嵌着贵重的宝石；没有随身携带武器。

他坐在宝座上，那上面铺着希腊锦缎。他的右侧坐着臣服于他的可汗，他让商人兄弟坐在左侧。

每个客人面前摆放着一个单独的小桌。给客人们端上来肉和蜂蜜酒。

他们谈论宝石、商品。

别儿哥和蔼可亲，他买下所有的商品，为此支付了一大笔钱。

两兄弟留在了伏尔加河畔，客居在别儿哥汗那里，住了整整一年。

他们了解到，在北方有些地方冬天乘坐的不是带轮子的马车，而是奇怪的板车。这种车底部光滑，车底的前面部分弯成半圆形，雪橇——人们这样称呼这些板车——上面套着几只狗。乘坐狗拉板车的人不是俄罗斯人，他们使用的语言也没有听说过。而且冬天那里的天空中通常见不到阳光，但是燃烧着一种奇怪的无声的火焰——不是每天都能看到它。

兄弟俩听说，在俄罗斯可以买到好蜡，还有鱼胶、蜂蜜以及黑色狐狸皮。

夏季北方的夜极短，往往还没有睡够，天空中露脸的星星就没多少了。霞光整夜都不消褪，光线十分明亮，甚至在一箭之地的距离都能看到人的脸。月亮刚刚出现在地平线上，在晨光的映照下就暗淡下去了。夜虽然如此之短，可是再往北，在可以捕捉紫貂以及猎获灰狐的地方，据说那里的夜还不足一个小时。

但是此地的风俗也很奇怪。

葡萄酒是弄不到的。人们喝的是蜂蜜酒、马奶酒，而春天则喝白桦树汁。

在浴室里男人和女人一起沐浴，就像欧洲那样，但是他们此时往往自己用桦条帚抽打自己。

惩罚犯罪行为的时候，他们把人的胳膊和双腿绑在四根柱子上，然后用斧头从脖子到腹部砍伤他的身体。

秋天来了。紧接着就是冬天——刮着大风，下着暴雪；威尼斯人只能围坐在火旁等待。

就在这个冬天，波罗兄弟的旅伴杜杰去了莫斯科。

俄罗斯是一个大国，那里有很多大公，统治着美丽、淳朴、金发碧眼的人民。他们向金帐汗国的鞑靼人进献贡品。

据说，俄罗斯拥有优良的狩猎矛隼[1]和猎鹰。

1　矛隼，也称为白隼、海东青。

俄罗斯紧邻一片寒冷的海洋，通过那片海域原本也可以到达挪威，但是寒冷挡住了道路。即便对于波罗兄弟而言，那条道路似乎也是难以通行的。

外来的人们谈起莫斯科。莫斯科是当时一个新兴的城市：贸易从衰败的基辅转移到了那里。莫斯科与热那亚人和威尼斯人已经有贸易往来。

橡木建造的克里姆林宫坐落在长满森林的高山上，在克里姆林宫附近，在涅格利纳娅河注入莫斯科河的地方，有一整排店铺，那里出售南方运来的苏罗日货。

在伏尔加河畔的萨莱市，或者在大布加尔城里，波罗兄弟遇见了埃及可汗的使团，埃及可汗也来到了金帐汗国。

占领着伊朗的那些蒙古人，在自己的可汗旭烈兀[1]率领下与埃及统治者作战。别儿哥是金帐汗国的可汗，他与旭烈兀不和，这就是为什么埃及人给别儿哥送来贵重的礼物：饰有雕花的大马士革剑，法兰克盔甲和头盔，威尼斯布料和来自黎凡特[2]的布料，球弹弓和火弓，许多装满箭矢的大箱子，皮革地毯，彩灯，古兰经，阿拉伯马，努米底亚[3]的骆驼，大象，长颈鹿，埃及驴以及亚历山德里亚的服装。

长颈鹿忧伤地望着伏尔加草原。当时已经临近秋季，草原上起了风。

1　旭烈兀（1217—1265），成吉思汗之孙、拖雷之子，是伊利汗国的建立者，西南亚的征服者。

2　黎凡特，20 世纪初期以前地中海东岸诸国的通称。

3　努米底亚，北非历史地区。

长颈鹿站着的时候，它的背部也倾斜得厉害，就好像坐着一样。商人兄弟悲伤地看着它：礼物如此引人注目，可能只预示着一件事——战争。威尼斯人开始收拾货物，把重货换成轻巧昂贵的商品。

事实上，别儿哥与另一位可汗的战争已经开始了，这个可汗被他们称为阿拉屋，而我们通常称之为旭烈兀。旭烈兀也是成吉思汗的孙子。

战争开始了，于是，正像阿拉伯人所说的那样，恶魔把妖魔鬼怪从时光瓶里放了出来。

不幸的是，正如波斯历史学家瓦萨所说，旭烈兀和别儿哥侵犯了商队和商人的权利，并开始掠夺商人的财富，甚至杀死商人和手艺人。

不过，商人波罗兄弟还是在部队没开战的时候就离开了。

杰尔宾 — 卡卢加

大蒙古帝国并不团结。

国内王子们、首领们相互角逐，争夺着富饶的土地。

术赤[1]的后代与旭烈兀汗之间就阿塞拜疆起了争端。

别儿哥想夺得阿塞拜疆。

阿塞拜疆境内在库拉河下游有优质牧场。在这些牧场上牲畜可以顺利过冬，而夏天牲畜就到山上去。阿塞拜疆有许多手工业者，他们生产昂贵的布料、地毯和宝剑，这些产品卖到了世界各地。

但是阿塞拜疆已经被旭烈兀的军队占领，而且旭烈兀特别看重这一地区。他将自己的首都定在大不里士，这儿离咸水湖乌尔米耶不远。在蒙古人统治之前，大不里士方圆六千步，而在旭烈兀统治时期城市扩大了，要想绕城一周，就需要走二万五千步。

为了夺取阿塞拜疆，别儿哥汗的部队首先在战场上帮助一些汗国占领伊拉克和伊朗，别儿哥因而认为自己有权获得部分战利品。

1　术赤（？—约 1227），成吉思汗的长子，术赤兀鲁思的可汗。

然而，问题并不在于是否拥有权力，而在于谁更为强大。

可是他们的兵力几乎相当。

金帐汗国和里海以东地区的蒙古统治者之间为争夺阿塞拜疆一直在打仗，断断续续地打了几乎整整一个世纪。这些战斗开始后阻碍了波罗兄弟返回故乡。他们从别儿哥那里离开时，战争还没有开始，但是战争很快就拦住了他们的去路。

在高加索山脉紧邻里海之处，自古以来一直是杰尔宾特市[1]的所在地。别儿哥攻打旭烈兀的时候，它就已经是非常古老的城市了。其四周的山上，住的是列兹金人[2]和阿兰人[3]、现在的奥塞梯人[4]的祖先。杰尔宾特关隘一直具备自我防护能力，罗马文献中对其就有相关记载。靠近城市的地方，在高山和大海之间，狭窄的道路被石墙围住。然而，来自亚洲的征服者通过了这条道路。其城墙也用石头砌成；城墙之上耸立着塔楼，但是周围没有护城河。这个地方为热那亚人所熟知，他们甚至在这里存放船只，从此处出去购买丝绸。

“杰尔宾特”一词是波斯语。“杰尔”意为大门，“宾特”意为屏障。杰尔宾特按照波斯语的意思是前哨之门。阿拉伯人则称此地为巴布—乌尔—阿博—瓦普，即正门，或者称之为巴布—乌尔—哈迪德——铁门之意。土耳其人也把这个地方称为铁门（土耳其语为塔米尔—卡贝斯）。

在这里，在杰尔宾特附近，别儿哥的部队与旭烈兀的部队交手。

士兵们穿着铁铠甲，头戴铁盔，而那些比较穷的士兵则用皮甲

1 杰尔宾特，俄罗斯城市。

2 列兹金人，聚居在塔吉斯坦和阿塞拜疆的民族。

3 阿兰人，伊朗语系部族。

4 奥塞梯人，俄罗斯联邦和格鲁吉亚的少数民族。

自我防卫。

两军交战。到了晚上，双方部队中的诺颜[1]——军事将领——为激励手下士兵，许诺分发丰厚的战利品，给他们权力和兵力。

军中敲起了大圆鼓——这是一种军鼓，士兵们也开始敲打马鞍旁边的小鼓，于是马队便开始交战。

为争夺杰尔宾特一卡卢加而战。

卡卢加在鞑靼语中意为前哨、屏障。因此，在以前的俄中国界上有卡尔甘市，在我国的奥卡河畔有卡卢加市，俄罗斯和各个汗国领土的分界线从这里穿过。

在杰尔宾特一卡卢加附近，蒙古人与蒙古人交战。

箭矢令太阳黯然失色——人们一直不停放箭，直至掏空了箭囊。盾牌变得特别沉重，上面扎满了箭，受伤的马匹也已精疲力竭。

在战斗进行中雷雨大作，但是人们并没有听到雷声。

战斗在继续，人们的头颅碎裂在马蹄之下。

别儿哥部下的鞑靼人转身逃跑。那是一种诡计，因为鞑靼人喜欢采用以佯败后退的方式作战，他们也正是以这种方式在卡尔卡河大败俄罗斯人。旭烈兀的儿子阿八哈把别儿哥的军队赶到了捷列克河岸边。这时别儿哥的部下反攻阿八哈，部队朝着河面跑去。据说，捷列克河当时被冰雪覆盖。人们在冰面上战斗，在马蹄踩踏之下河水解冻了，开始出现浮冰，因此有许多人被淹死。

在谈论此次战役的人当中，有的人认为旭烈兀获胜，有的人则

1　诺颜，一些东方民族的官长、领主的称呼，这里指的是军事将领。

认为是别儿哥获胜。

当别儿哥汗本人抵达战场时，他看到的是残忍的杀戮——既看到一堆堆的尸体，也看到弥漫在大地之上的黑烟。于是他下令焚烧死者的尸体，以防其腐烂后毒化空气。

别儿哥说："如果我们协同作战，就能征服整个大地。"

别儿哥的部队返回俄罗斯，他们带回来一首歌：

啊，杰尔宾，杰尔宾一卡卢加！……

歌词的意思就是：

啊，杰尔宾特前哨！……

整个俄罗斯的大地上传唱着这首歌，而且俄罗斯人很久都在用它来嘲弄鞑靼人。

俄罗斯人无法忍受异教徒桎梏下的残酷折磨，得知鞑靼人与鞑靼人在打仗，他们便奋起反抗。早在1259年诺夫哥罗德就发生过一次大暴动。1262年，听说鞑靼人在杰尔宾特一卡卢加附近发生内讧，罗斯托夫、苏兹达尔和雅罗斯拉夫尔便趁机起来反抗。

而旭烈兀在这些战争后又活了六年，于1265年2月病逝，年仅四十八岁。

人们谈到他时都说，可汗对欧洲人非常友好。甚至有人说，他打算皈依基督教，于是教皇亚历山大二世便写信给他，劝说他帮助巴勒斯坦的基督徒。一切再明白不过了：敌人的敌人是朋友。

我们现在知道，旭烈兀的遗体埋葬在多山的塔勒岛上，该岛位于乌尔米耶咸水湖正中间。那个湖里没有鱼——因为它是咸水湖。湖泊的四周是盐沼地，过了沼泽地是红色的山脉。湖泊上空飞翔着火烈鸟——它们的翅膀背面是粉红色的，而腿是红色的。

人们在多山的岛上挖了一个坟墓，把旭烈兀的遗体放进去，之后放入武器和巨额钱财，此后是一些还活着的姑娘——她们已经梳妆打扮，穿着华丽。然后人们填平了坟墓……

此时威尼斯商人行走在漫长的道路上，从他人的不幸中赚取利润，而在威尼斯，尼科洛·波罗的儿子马可则一天天地长大。

马可学习射箭，追逐圣安东尼修道院的那些猪。秋天观看屠宰过冬用的牲畜，看人们调味并腌制肉类。由于冰在意大利非常昂贵，如果腌制肉类时不添加外国香料，这些不新鲜的肉就会散发难闻的气味。因此香料价格也十分昂贵。

传来的消息令人担忧。从海那边回来一些船只，水手们说，在杰尔宾特一卡卢加发生过战斗，还说商人们去了东方，目前没有送来任何消息。据水手们讲，东方正在进行大战。那里没有传来任何消息，也没有运来货物。

哭泣为时尚早，但是足以令人担忧。

女人们在厨房里一边挂着用于熏制的香肠，一边担着心，谈论着神秘的土地，从那里运来色彩缤纷的面料和厨房必备的香料。通过贸易能够获得财富。

但是货物没有从东方运来，财富也没有增加。

商人兄弟旅途中收集有关西伯利亚汗国和哈萨克汗国的信息

在哈萨克斯坦，成吉思汗的长子术赤的曾孙可汗科齐[1]驻守在自己的封地上。他的封地临近北方。那个国家的道路大多是由毛皮收购商开辟出来的，而不是士兵。关于科齐及其地处七河之国和锡尔河[2]下游的封地，在布加尔国人们议论纷纷。商路始于科齐的封地并横跨伏尔加河，昂贵的大衣用毛皮缝制，从谢米列奇耶[3]运来，根据购买商的名字被称为布尔塔斯大衣[4]和布加尔大衣。有关西伯利亚汗国的消息与皮货一起传到伏尔加河和波斯。

马可·波罗在其游记的一些章节中，转述了他童年时听到的父亲和叔父讲的一些事情。在这些章节中，有关哈萨克的信息和西伯利亚的信息混在一起，就像仓库里混杂的商品一样，让我们试着把

1　科齐，1280—1301 年白帐汗国的可汗。白帐汗国是金帐汗国的一部分，由拔都的兄弟斡儿答创立。白帐汗国虽然是金帐汗国的附属国，但是实际上是自治的。

2　锡尔河，位于塔吉克斯坦、乌兹别克斯坦、哈萨克斯坦三国境内。

3　谢米列奇耶，哈萨克斯坦城市。

4　布尔塔斯人，5—11 世纪居住在伏尔加河中、下游地区的部落联盟。

它们分开。

“科齐，”马可·波罗转述的是老一辈人的话，“是鞑靼人。他的所有臣民也都是鞑靼人。他们奉毡子为神，像野兽一样生活。”

科齐的臣民实际上并非都是鞑靼人，即蒙古人。蒙古人来到那片土地上，征服了突厥人的后裔。

马可·波罗接下来的讲述是对的：

“那些百姓的国王不受任何人统治，虽然他出身于成吉思汗家族，即出身于君王之家，而且是大汗的近亲，但是他既没有城市，也没有城堡。他的百姓生活在广阔的平原上以及高大的山脉之中。他们吃的是肉和牛奶，却什么谷物都没有。他们有很多牲畜：骆驼、马、牛、羊和其他动物。”

这里关于草原的介绍都是准确的，不过当时哈萨克斯坦已经有了谷物和黍子，但是接下来关于哈萨克的信息与西伯利亚的信息就混杂起来了。

“他们那里有高大的白熊，”马可·波罗说，“有很多狐狸，全身漆黑……”

接下来他马上把列举的这些信息与中亚的信息混在了一起：

“……还有野驴。”

野驴是猎人向海外客商推销毛皮时，当作哈萨克人的国家的稀奇事物来讲的。他们还讲松鼠、白鼬和北极熊，讲述猎获的艰难，还说皮货价格高昂——他们在推销时讲这些，为的是能抬高毛皮价格。

比如，他们给外国人讲原始森林和冻土带时就是这样说的（虽然众所周知，该国当时已经可以用驿马寄送邮件）——

“这个国王科齐拥有的国家，有许多湖泊和溪流，”马可·波罗继续复述他父亲和叔叔很久之前说过的话，“那里有冰、沼泽和泥塘，马匹也无法从那里通过。这个环境恶劣的国家方圆有三十天路程之遥，在每天行程的终点都有信使休息地。每个休息地都有近四十只大狗，信使们就乘坐着狗拉的车从一处休息地前往下一处休息地，那条道路上都是冰，都是泥泞，乘坐马车也无法从那里通过。人们制造出没有车轮的板车，也有我们意大利时而运送干草和秸秆使用的那种车。信使盖着熊皮躺在雪橇上，而车夫坐在旁边赶着狗儿们。信使走的都是直路，即到另一个休息地的最短的路，在那里换狗。乘坐这样的车，是因为在山里和峡谷中有许多紫貂、松鼠和黑狐，用它们可以制作昂贵的毛皮大衣。那些动物不是射杀的，而是用陷阱捕捉的。这个国家与另一个国家接壤，其国名为黑暗之国。这里没有太阳，没有月亮，没有星星，始终一片昏暗……”

可以知道，这里就是极地，到了这里已经没有休息之地了，接下来是传说中的国度。

马可·波罗继续转述：

“居民们没有国王。他们像野兽那样生活：不受任何人统治。他们都是猎人，而且令人惊讶的是，这里可以猎获非常多的皮货。这些人把毛皮运到有光亮的地方，在那里出售……”

马可·波罗也从他的父亲那里听说，在遥远而又寒冷的国度里，居民住在地下或者地上的房子里。地下的房子就是窑洞，而地上的房子——大概就是建在桩柱上的一些居所，正是这些居所让后来征服堪察加半岛的俄国探险家也感到惊奇。

昂贵的皮草将远方的信息带到了伏尔加河畔。

但是，尼科洛和马费奥向家人和邻居讲述他们在美妙的布加尔国的所见所闻的那个时刻，还不会很快到来。

战争开始了，商路变得十分危险，返回威尼斯已经不可能了。

而马可在一天天长大，他还不认识父亲。

前去觐见大汗

别儿哥率部渡过伏尔加河。

伏尔加河对岸以前就不太平：鞑靼人抢劫，俄罗斯人抢劫，他们为得到食物和马匹而常常袭击行路人。

鉴此情形，需要做出一些决定，于是波罗兄弟决定前往布哈拉——享有盛誉的著名城市。

商人兄弟在荒漠中走了十六天，既没有遇到城镇，也没有看到要塞。他们从萨莱市往东走，绕过里海，从咸海旁边经过，靠着它的左侧行进；走过宽阔的阿姆河的河滩地，绕过雄伟的城市乌尔根奇[1]，来到布哈拉城。

在泽拉夫尚河[2]下游一个美丽的绿洲之上，在长长的沙赫鲁德[3]灌溉渠边，坐落着布哈拉城。它在古代是强盛的萨曼王朝[4]的都城，其居民以富有和学识渊博闻名。萨曼王朝领土的北部边界始自遥远

1 乌尔根奇，现为乌兹别克斯坦城市，州首府。

2 泽拉夫尚河，位于乌兹别克斯坦、塔吉克斯坦境内。

3 沙赫鲁德，现为伊朗城市。

4 萨曼王朝，819—999 年中亚细亚马维拉纳赫尔统治者建立的王朝。

的草原，东部延伸至蔚蓝色的天山山脉，南部边界是波斯湾，而在西部拥有的土地几乎一直到巴格达。在这里，在这个王国的土地上，阿拉伯人学到了很多前所未有的工艺和艺术。他们最先从这里把来自中国的纸张运到了中东和欧洲。

在阿拉伯人统治萨曼王朝时期，穆斯林来到布哈拉，这座古城便成为伊斯兰教的后盾和穆斯林学者的避难地。后来在10世纪的时候，裕固族——突厥的后裔——征服了布哈拉。13世纪蒙古人进犯布哈拉。

伟大的王国瓦解了，城市被烧毁。

抵抗时间较长的是撒马尔罕[1]。保护它的是一些工匠和穆斯林宗教学校的学生。

布哈拉很长时间里都是一片废墟，但是它尽可能地又慢慢被重建起来，在它周围又修起了城墙。

商人兄弟走出沙漠看到了这些土墙，它们是青灰色的，墙上有垛口，但是城市还很遥远。城外的大地上满是墓地和花园。

商人兄弟离城市更近了一些。城墙的高度超过三支长矛，厚度相当于两支长矛；城墙上有十一个大门。垛口之上耸立着一百三十一座塔楼。商人兄弟进入城内狭窄的街道。街道一般都是六七步宽，很少有八步宽的。喧嚣的水渠从城里流过。城里有一些暗绿色的池塘，池塘边树木低垂。走出沙漠以后，暗绿色的池水也令人备感惬意。街道两侧的房子狭长，是用黏土抹的，没有粉刷成白色；屋顶

1　撒马尔罕，现为乌兹别克斯坦城市，州首府。

是平的。

整个城市都在经商，热闹非凡。山丘上有一座城堡，城堡里住的是蒙古人——城市的主人。只有一个大门可以进入城堡。波斯人、印度人、鞑靼人、穿黑色长袍的犹太人、中国人聚集在城里。这里有一个很大的市场。布哈拉城即便已经遭到破坏，却依然是察合台汗国[1]最好的城市。

商贩们在这里自由自在。

在这里，兄弟俩做了三年生意。

布哈拉最好的瓷器来自中国。

丝绸来自中国，还有一些黄金制品也来自中国。

那里人们谈到女人的时候往往说，她像中国女人一样美。

谈到中国的工匠时则说，他们有两只眼睛，而法兰克人就只有一只眼睛。

商人总买二手货是不好的。货物应该在价格便宜的地方购入——应该在会织布、会烧制白色黏土的地方购买。

当时大汗忽必烈的使团正在布哈拉，忽必烈统治着所有被蒙古人占领的土地，而他本人则住在中国。

威尼斯商人兄弟便跟随使团前往中国。

他们知道，蒙古人占领了中国，也知道蒙古人的村庄就在城市附近。蒙古人总是在城里买肉，但是他们对汉族人不信任，然而很多东西自己又不会制作，也不擅长管理征服的国家。因此在中国的

1 察合台汗国始建于1222年，是蒙古帝国四大汗国之一，由察合台及其孙子哈剌旭烈及他的后人管理。

蒙古人那里，萨拉逊人与信奉聂斯托利派的叙利亚人过得很好。大概威尼斯人也会过得不错——可以在国家的征服者与擅长劳作的汉族人之间起到桥梁的作用。

此外，如果与公使同行，沿途居民将会提供饲料和备换的马匹，那么去哪里不都一样吗?

威尼斯兄弟怎样去的中国，无人知晓。但我们可以认为，使团经由撒马尔罕到了旧伊宁，并从那里走上北部的天山大路。

在撒马尔罕城下的草地上，放牧着笨重的战象。

许多道路上都有湍急混浊的水渠穿流而过。

城外，在射程以内的地方，耸立着两座塔楼，其高度恰好可以扔上去石头；塔楼是用泥土和人的头骨建成的。旁边两个较小的塔楼用的也是同样的材料。

城市的花园里种满了果树，条条大路从高大的绿荫浓郁的树林通向一个又一个的池塘。

两位旅行者住进大汗的宫殿，那里有数目众多的房间，都是用黄金、浅蓝色颜料和光滑的砖面装饰的。

宫殿坐落在一座高高的山丘上，周围环绕着护城河之水。

披甲兵戴着头盔和格子形状的面甲守卫着宫殿。

花园里散布着一些用彩色花毯和刺绣丝绸搭建的帐篷和遮阳棚。这些花毯，我们现在称之为乡花彩幔[1]。宫殿的墙壁上都装饰着粉红色的帷幔和丝绸，帷幔用银质和镀金的金属钩束起来，金属钩上

1　乡花彩幔，现在用来称塔吉克和乌兹别克民族做装饰用的工艺品。

面带有绿宝石、珍珠和彩色丝绸流苏。

当微风吹过宫殿里半明半暗的房间，流苏便摇摆不定。

这景象美极了——这样的东西是可以经销的。

但是据说中国的宫殿更为华丽。

威尼斯兄弟前往那里。

驿站的服务使旅途变得轻松。很多道路上都设有供来客专用的豪华住所。这些住所的用水是从其他地方运来的，到那些地方要走上一天。这里到处都是马匹。大汗的使者到来以后，就从疲惫的马匹身上取下鞍子，换上精力充沛的备用马。这还不够——如果使者或者亲王的马在路上走累了，他们要是看到归某人私有的其他马匹，就可以强迫这个人下马，把马据为己有，任何人都不敢说“不”。

不仅这条道路这样提供马匹，整个领土上都是如此。如果把大汗的公文下发给商人，他就可以像使者那样乘行。商人可以带来货物和消息。

忽必烈希望能在几天之内就获知自己领土上各地以及各边境的消息。

可汗说，最好让信使或商人两天就能到他那里，为此宁可累坏两匹马，也不要为了保全一匹马而三天到达。

道路两旁排列着标明距离的里程碑。

信使每天应该走不少于十里格[1]的路程。每里格约等于欧洲里程单位的两英里。但是信使每天却走十五或二十多里格。如果马累

1　里格，是欧洲和拉丁美洲一个古老的长度单位，即大约等同一个人步行一小时的距离。

倒在有人居住的地方，马肉就卖给居民；如果马累倒在路途中，就把它扔掉。所有这一切波罗兄弟在旅途中都看到了。商人兄弟就这样与大汗的使者同行。他们渡过混浊的河流，穿过一些绿洲，那里的棉花已经成熟，棉花的绒毛既像羊毛，也像柳树的绒毛。

大汗的权力引领着商人兄弟一路走来。暑热到了夜里也不消退，风又大又炎热。

他们走过沙漠。一些马匹在翻越沙丘时陷了进去，沙丘上沙波粼粼，就像威尼斯海滨浴场旁边浅滩的海底在水下泛着涟漪。沿途遇到一些罕见的干枯的柽柳。过了沙漠便是城市，那里到处都是苹果园。山脉被白雪覆盖，远在天际。

在苹果园和泛青的白雪之间，浓密的云杉林青魆魆的。

长长的云朵没有飘动，而是驻足在山旁，那里山谷的暑热融化了积雪。

草地丰美，湍急的河流遇到水渠便分流而去。接下来的道路通往山上，银色的山脉到处是铁青色的悬崖，重峦叠嶂，展现在威尼斯人面前的是长春真人[1]所描述的山脉，他曾从中国南方前去觐见成吉思汗，而在他之后，再没有人描写过此山。

迎面而来的岩石更加巨大，不论马车还是马驮着的骑手，都不可能从这里通过。人们下了马，把马牵在身后。

松树笔直，如同蜡烛一般，一棵挨一棵地直插云霄。鸟儿们没

1　长春真人，即丘处机，字通密，道号长春子，是世界道教主流——全真道掌教教主以及执掌天下道教的宗教领袖。丘处机为南宋、金朝、蒙古帝国统治者以及广大人民群众所共同敬重，并因以七十四岁高龄而远赴西域劝说成吉思汗止杀爱民而闻名世界。

有鸣叫，到处冷清而沉寂，蓝色天空中弥漫着的浓郁的蔚蓝融化在风中的针叶林里。

南坡上仍然温暖，在北坡上威尼斯人则感到了寒冷，仿佛他们穿的不是毛料衣服，而是铁。

四周都是悬崖，覆盖着厚重的白雪。在这里需要保持沉默，因为大家都担心发生雪崩。队伍继续向前行进。他们经过布满白色骨头的田野，再走过一百座沙丘，夜里把马血涂抹在脑袋上，因为害怕会有鬼神。

接下来还是山脉——从远处看它们是白色的，像沙子一样，走近才知道，山上都覆盖着积雪。

继续往前走，周围已经见不到人影。人们双唇干燥，整天整天默不作声地赶路。大地就像干涸的大海的海底。

他们穿过雪地走出山区进入了草原，四面八方看到的只有略微泛黄的云朵和凋萎的植物。接着遇见了一条河，河流穿过岩石和沙土，河里几乎没有水，但它依然令人愉悦。终于，他们看到了人类的住处、黑色的马车和白色的蒙古包。

走了很长时间，终于看到了城墙，长长的城墙，就像无尽的漫漫长夜一样。城墙自远方蜿蜒而来，延伸向弥漫着黄色烟雾的沙漠。它是用黏土修建的，墙脊上砌着石头。没有人守卫城墙，因为以前修建它是为了防御草原游牧民族，而蒙古人早就越过了这道城墙。

大汗住在距离现在的北平不远的夏日行宫里。在这里，商人波罗兄弟得以休息，他们学习觐见大汗时怎样才能不绊到门槛，学了很长时间。大汗事务繁忙，没有很快接见这两位客人。

商人易主

威尼斯人参观了色彩缤纷的院子。

意大利商人在这里看到了许多奇怪的东西。在这里黄金和白银价格便宜，而木材却很昂贵，人们做饭时烧的是蒿草和干粪。来自叙利亚的聂斯托利派、蒙古人、汉族人、亚美尼亚人在宫殿四周喧闹着，凡是在大汗的营地周围走动的人，需要懂得四种语言才能对守卫的问询做出回应。

宫殿旁立着一根镀银的铜柱，它的顶端有四个狮子头和一个手持号角的天使雕像。

为庆祝使团顺利抵达摆下盛宴。

一大清早，铜柱顶端的银色天使吹起了号角，于是从银色的狮子口中便流出泡沫飞溅的马奶酒、蜂蜜酒和黄酒。

商人兄弟结识了一位巴黎的手艺人，是他制作出这个奇妙的东西。原来，在柱子底下设有暗室，那里坐着一些人，他们操纵着天使并吹着号角，而酒则是通过管道从可汗的厨房流出来的。

关于商人们的觐见以及他们与大汗的交谈，马可·波罗后来对父亲和叔叔所讲做了如下记述：

“尼科洛和马费奥拜谒大汗，他接见了他们，对他们非常尊敬，也非常高兴，还多次设宴款待。他仔细询问了他们很多事情：关于皇帝，关于他们如何治理自己的领土、他们的国家如何进行审判、他们如何行军打仗；他问关于国王的事，还问及亲王以及男爵。尼科洛和马费奥对所有的事情都实话实说，二人娓娓道来，思虑周密。他们都非常睿智，而且懂得鞑靼语。”

商人兄弟留在了忽必烈的宫廷。

两百年后，一个俄罗斯人——特维尔人阿法纳西·尼基京[1]长期离开家园前往东方。他从诺夫哥罗德出发，经由三个海域前往印度，后来他对印度的描写也极其详细。尼基京的传奇故事写进了诺夫哥罗德编年史。在传奇故事的结尾，有些话是用一种难以理解的语言写的——字母是斯拉夫字母，可是文字却让人看不懂。

我不久前阅读过他的笔记。原来，尼基京一直都是这样祈祷的。他向上帝祈祷时用的是一种奇特的语言——外国商人用这样的语言在东方的市场上交谈，其中混杂着阿拉伯语、土耳其语、波斯语和俄语。

以下便是他的祷告词：

“阿拉圣利耶将尼安尼乌鲁西唐戈里萨克拉先……”

这意思是说：

“愿上帝保佑这个世界，也要保佑俄罗斯大地……俄罗斯将万事

1　阿法纳西·尼基京（？—1474 或 1475），俄国旅行家、特维尔商人。所著《三海纪行》，叙述所经各地见闻，其中关于印度的记载最为详细。

顺遂，因为这个世界上没有和它一样的土地……"

特维尔人尼基京的祈祷不是为他自己的公国，而是为了我们整个国家。

他在遥远的世界里学到了很多东西，多数是从印度人和波斯人那里学来的。他爱上了他们。然而，他最爱的还是祖国。他越是了解世界，就越爱祖国。

这种幸福传教士若望·柏郎嘉宾没有感受过，波罗兄弟也感受不到。

对于柏郎嘉宾而言，土耳其人不是人，与此同时，他们对他来说还是圣彼得什一税[1]的潜在缴纳者，也就是教皇的纳税人。他们不是人，是因为指望不上他们对真正的信仰能有亲近的态度，否则犬头人[2]也能称之为人了。

对于波罗兄弟尼科洛和马费奥而言，世界分为买者和卖者。其余的事儿与他们没有多大关系。

旅行者们在探究世界，而每个人所看到的，都只是他能够看到的。

对于忽必烈来说，欧洲是大地上的贫穷地区。但是，不仅要了解邻国的兵力，也要了解邻国的众多邻国。

在撒马尔罕以及蒙古统治的其他地区都设有天文台，人们观察星体并预测日食——蒙古人对此颇感兴趣。

---

1 什一税，封建时代古罗斯及西欧教会向农民征收的一种赋税，占总收入的十分之一。

2 犬头人，《博物志》中的传说生物，被认为是住在印度、爪哇岛上的兽人种，是披着兽皮、说话如犬吠、以爪子作战的种族。

欧洲比星体更不为人所知，它很遥远，但是要把它探察清楚。

更让人感兴趣的是巴勒斯坦，很多商路都从那里穿过。忽必烈很想看看基督徒与阿拉伯人之间的争斗，同时还想邀请几百个或者哪怕一百个基督徒工匠为他干活，因为并不是所有的事情都可以相信汉族人，而在兵法方面——例如拆毁城墙的方法——汉族是十分落后的民族。

忽必烈赐予波罗兄弟一面金牌，作为外交护照之用，对他们说："请你们去教皇那里说，大汗请求给他派来一百来个聪明的基督徒，要精通所有的技艺，让他们能够向多神教教徒证明，不应该崇拜神像。"

不过，忽必烈交代的事情不是在罗马办理，而是在巴勒斯坦，所以他吩咐两兄弟"从挂在耶路撒冷教堂圣墓旁的灯里带些灯油回来"。

忽必烈给商人兄弟派了一位使者，三个人都骑上马，踏上了旅途。

他们载誉出发，然而路途十分艰难，不是总能快速行进，时而是因河水泛滥，时而是因天气恶劣，时而是因天降大雪。皇帝的使者们旅途中的情况，一个半世纪后鲁伊·冈萨雷斯·克拉维约[1]有所记述，他曾于1403年受西班牙国王派遣去过帖木儿在撒马尔罕的宫廷：

"当地的风俗是，当使者来到某地，无论城市、集镇还是村落，便即刻下令呈上很多肉食，这不仅给他们食用，也供与其同行的人

1　鲁伊·冈萨雷斯·克拉维约（？—1412），西班牙卡斯蒂利亚王国的宫廷大臣、使节、旅行家及作家。曾于15世纪初出使帖木儿帝国，并到撒马尔罕向帖木儿朝觐。著有《克拉维约东使记》，书中翔实地叙述了作者游历中亚各地时的所见所闻。

食用，还要呈上许多水果和燕麦，足有所需的三倍之多；一些人日夜保护使者及其携带之物，也看守他们的马匹；要是有东西丢失，他们下榻之地的行政机关就要对此做出赔偿。

“如果他们所到之地的居民——不管他们在白天或夜里的哪个时间到来，没有立即呈上所需的一切，就要挨棍子和鞭打，责罚之重着实令人惊讶。或者使者到达之时当地的长官没有及时迎接，待让人即刻把他们找来时，做的第一件事便是要用棍棒和树枝抽打责罚他们，毫不留情，下手之重令人十分吃惊。这么做的说辞是，因为这些人知道皇上命令要对使者以礼相待，不管他们什么时候来，都要呈递他们所需的一切；还说，他们护送公使而来，可是这里并没有准备好所需要的一切，这是因为这些人没有好好执行伟大的皇帝的命令；如此一来，居民们不得不纷纷猜测使者可能什么时候到达。

“当使者来到某个村镇或者城市，那些护送他们的人首先就要见当地的阿拉伊斯，这在他们那里指的是长官；在街上遇到的第一个人就要抓住，把面纱从他头上摘下来系在他脖子上——他们有头戴面纱的习俗，然后自己骑着马，拖着他步行，用棍棒和鞭子打他，迫使他能指明长官的房子在哪里。

“人们在路上见到他们，知道这是皇帝的差役，猜测到他们是带着皇帝的命令而来，便四处躲避，就像有魔鬼追着他们似的；而在自己的货篷里出售商品的那些人，关闭了货篷，也都开始躲避，把自己反锁在家里，路过的时候相互告知：‘阿利奇’，即‘使者来了’——他们已经知道，使者到来对他们而言就是黑暗的日子。”

波罗兄弟受大汗之托就这样一路走来。

此后使者们越过鞑靼王国的边境，进入亚美尼亚王国。在这里走得就慢了——这是异国他乡。周围的土地归属于法兰克男爵、圣殿骑士[1]和条顿骑士团[2]。

十字军控制了小亚细亚南岸和一些港口。

阿拉伯的商队穿过亚美尼亚，在这里见到了西欧的商品。亚美尼亚本国出口山羊绒、木材、葡萄干、铁器和马匹，这些商品名扬整个黎巴嫩。到处都有使者和热那亚人，他们是免缴关税的。在商路沿线，热那亚人有自己的商行。

威尼斯人享有的特权较少。

波罗兄弟行经这里，已经要支付马匹的费用，但仍然用的是忽必烈使者的名义。

使者们从莱亚苏斯港直奔叙利亚，该地阿拉伯人称之为沙姆[3]，意思是左侧的地区；此后前往巴勒斯坦。

巴勒斯坦就像繁盛的大绿洲。它以粉红色植物驰名于耶路撒冷，其闻名于世的还有橙子、橄榄油、香蕉、扁桃、旱李以及制作鸦片用的罂粟。

各个市场上到处都是外国人。

在耶路撒冷，除了雨水，没有别的水源。城市饮用的水都是蓄

1 圣殿骑士，1119 年在耶路撒冷，建立起来的中世纪宗教骑士团成员。

2 条顿骑士团，又译德意志骑士团，正式名称为耶路撒冷的德意志弟兄圣母骑士团，早期成员全来自德意志民族。

3 沙姆地区或沙姆，是阿拉伯世界对于地中海东岸的整个累范特地区或大叙利亚地区的称呼。其随着历史的发展，所指亦有所不同。如今阿拉伯人所说的沙姆地区一般包括叙利亚、约旦、黎巴嫩和巴勒斯坦。

水池中积蓄的雨水。

十字军在那里的势力并不强大，只有一些城堡在他们手上，他们勉强把守着道路。他们能从居民那里收取贡赋，但是却不能掌控这个国家。

耶路撒冷用石板铺砌街道，商人们觉得它比中国城镇沉闷和贫困。这里只有葡萄非常好。

在耶路撒冷，兄弟俩没有停留，他们前往阿克拉——这是一个大港口。

阿克拉是意义重大的城市，所以穆斯林后来占领了阿克拉的时候，便向十字军提出用它来换取耶路撒冷，但是十字军没有同意。

在阿克拉，尼科洛和马费奥·波罗得知教皇[1]已经辞世，似乎暂时无人可以进行洽谈。他们得到教皇使节的接待，他代表着教皇“在全埃及”的权威。

他是个有威望之人，叫捷尔巴利德，来自皮亚琴察[2]。

他听完兄弟俩的陈述以后说，需要等到选出新教皇。

此时可以回家去，于是兄弟俩就这样做了。

在这段时间里威尼斯变了样。石头房子多了起来。建起了一座座新的桥梁。港口里船只密密麻麻的。

尼科洛的房子无人照管，他的妻子已经不在人世。儿子满十五岁了，他从来没有见过比圣马可教堂前种着十几棵树的广场更大的花园。除了圣马可教堂上的铜马，他还从未见过其他马匹。

1　教皇，指的是教皇克莱门特四世。

2　皮亚琴察，意大利城市。

年轻的马可·波罗，商人尼科洛·波罗的儿子，开始为期二十六年的旅行

1254 年，马可·波罗出生于威尼斯的里亚托岛。

他是由一些亲戚养育大的。十五岁以前他就已经知道，不能用胳膊肘拄桌子，坐着的时候不能跷二郎腿。他还知道，吃饭的时候不能往别人的盘子里看、用手指剔牙以及用大拇指触摸玻璃杯的边缘。可以喝酒，但必须用双手端杯。

骨头不能往桌子下的地板上扔，装骨头有专门的篮子。最好不要与外国人说话，以免把重要的秘密透漏给他们。什么重要，什么不重要——这很难弄清楚，所以压根儿就不要和他们说话。

必须会射箭和划船，因为可能需要参加战斗。主要的敌人是热那亚人，因为他们总是破坏威尼斯的贸易。

马可·波罗本人出身贵族，他有贵族徽章。

只有贵族才是真正的威尼斯人，他们有权建造房屋和经商。不过有人说，不久前还没有贵族，而且城市由参议院管理，参议院是每个街区选出的代表组成的。

在威尼斯发生过多次拳斗，人们在一些没有栏杆的桥上交手。东岸与西岸打斗，东岸的斗士被称为“城堡看守人”（住在城堡里的人），西岸的斗士被称为“尼科洛季人”（以尼科利斯克教区命名）。

在威尼斯，贵族旁边住的是市民。市民是指父母都出生在威尼斯且不从事体力劳动的人。市民分两大类——内城市民（他们只在城内享有权利）和全权市民（他们有权悬挂圣马可旗航行，享受威尼斯人的所有特权；他们有权担任大桡战船的船长，有权在克里特岛和克里米亚担任各种职务）。

但是，马可·波罗是贵族。他有权经商，甚至有权担任总督，当然，他自然是不会被选任这个职务的——威尼斯所有显赫的头衔只在少数贵族之间进行分配。

但是马可·波罗有资格结婚，因为他是家里唯一的儿子。他的婚姻不会分割家产……

然而此时他还在观看人们如何放狗咬牛，观看一个街区和另一个街区在桥上进行拳斗，还参与庆祝宗教节日的活动。

小马可还能一个人用单桨划船。

这种桨安装在船尾。摇起船桨，轻轻转动，黑色的小船便在木房之间的狭窄河道上穿行。

房子底层的原木上长满了苔藓。运河上漂浮着许多木屑：城市仍在继续建设。河水散发着一股霉烂味。茅草屋顶、原木墙壁映入水中，在运河的微波里轻轻晃动。马可·波罗的世界就到港口为止，这里来来往往的船只带来一捆捆散发着奇怪气味的货物，还有晒黑的水手以及来自许多遥远国度的消息，据说那些国家从来都不下雪。

一月份时，马可可以打雪仗，因为一月威尼斯有时会下雪；六月份他常常吃煎鹌鹑做的肉冻和鲜嫩的野鸡。

他在宗教游行时拿着一支大蜡烛，大概是在参加“玫瑰节”[1]。

在这个节日期间，走在宗教游行队伍前面的是一些男孩和女孩，他们是最美丽、最庄重的。每个男孩和每个女孩都假扮一个圣徒，他们在受洗时取的就是所扮圣徒的名字。他们当中还加入一些开朗活泼的男孩——他们假扮的是一些小魔鬼。这些小魔鬼们耍着各种各样的把戏，让女孩们感到难为情或者逗得男孩们发笑。小魔鬼们的这些把戏别出心裁，整个场景应该表现圣徒们的英勇和果敢，他们一生都在抗拒着邪灵的诱惑。非常有可能的是，马可·波罗假扮的是小魔鬼，而不是圣徒——可以通过他的积极进取的性格做出这样的判断。

马可·波罗是否上过学——无从知晓。我们甚至不知道他是否认识意大利文字。他的游记是他的狱友比萨人鲁斯梯谦记录下来的，游记开头便写道：

“君主和皇帝、国王，公爵和侯爵、伯爵、骑士和市民，以及凡是想了解各个民族、世界上不同国家的人们，请拿起这本书，给自己读一读吧。”

马可·波罗为不识字的人们口述了自己的游记。

但是关于自己，马可·波罗则在书中写道：

“他在极短的时间内学会了他们的语言（蒙古语）和四种文字及

1 玫瑰节，为每年的 10 月 7 日，即玫瑰圣母节，天主教的节日，原为“胜利之母节”，庆祝圣母玫瑰经的胜利和威力，教宗比约五世时称为“胜利之母节”，教宗格列高利十三世改为“玫瑰节”，1960 年起定名为“玫瑰圣母节”，梵二新订教会年历时定为纪念日。

其书写。”

这四种文字是什么？对此争议颇多。

在另一个版本的书中写道：

“他学会了四种不同的语言，每种语言都能读会写。”

在忽必烈当政时期，那里居住着四个民族——塔吉克人、汉族人、维吾尔人和阿拉库人（信奉基督教的叙利亚人）。

据推测，马可·波罗不会说汉语。一般认为，他会八思巴文[1]、阿拉伯文、回鹘文[2]和叙利亚文。

回鹘文是蒙古文，起源于叙利亚文。回鹘文用来记载成吉思汗的法律。忽必烈大汗委任藏族学者八思巴喇嘛制定纯正的蒙古字母。八思巴喇嘛制定出方形的蒙古字母，其基础是藏文字母。八思巴的方形字母总共包括一千个字母，由四十一个基本字母组成。因此，很可能马可·波罗会两种蒙古文。他可能还懂叙利亚文和阿拉伯文。

但是他未必认识意大利文字。

马可·波罗会说法语，会用这些语言说出商品名称及其价格，中东对他来说只是一个出产商品的地方。他还会射弩和划船。

人们在波罗兄弟的居所里可能买卖过宝石、布料、大黄——马可在书中多处对这些商品均有详细讲述。

尼科洛和马费奥在威尼斯没有等到新教皇的选举，于是决定回

---

1 八思巴文字是中国元朝忽必烈时的国师八思巴根据当时的吐蕃文字制定，用以取代标音不够准确的蒙古文字，在横跨欧亚的蒙古帝国全国采用。然而，过去一直只有元朝的人民采用，并主要用作为汉字标音之用。

2 回鹘文又称回纥文或畏兀儿文，是 8 至 15 世纪回鹘人的文字，用以拼写回鹘语（属突厥语族）。

到大汗那里，并且带上马可同行。

况且，他们最需要的是来自叙利亚的信息，而不是教皇的祝福。

他们从威尼斯直接来到阿克拉，会见了使节。使节允许他们从圣墓上取灯油，为此允许他们去一趟耶路撒冷。

兄弟二人从阿克拉出发前往莱亚苏斯港，他们在那里听说，与他们交谈的那位使节当选了教皇，称之为格里戈里。

他们返回阿克拉。新教皇为他们的旅行祝福，还派给他们两个传教士。

兄弟二人和马可·波罗动身回到莱亚苏斯港，他们带回来一些盛着灯油的水晶器皿，这是教皇送给大汗的。

这时，埃及的苏丹进犯亚美尼亚。传教士们经过一番思考后返程，兄弟俩则继续往前走。

旅程从莱亚苏斯港直达埃尔祖鲁姆[1]。在这里马可·波罗第一次看到活马。

马可·波罗对小亚美尼亚的描述如下：

“小亚美尼亚的国王公平管理自己的国家，臣服于鞑靼人。这里有许多城市和居民点，一切东西都很充足，而猎获野兽和鸟类也有很多乐趣。古时候当地贵族勇猛好战，现如今他们却软弱卑微。莱亚苏斯城从幼发拉底河运来了所有的香料和所有的布料，来自威尼斯和热那亚的商品汇聚于此，在这里都可以买到。”

据马可·波罗讲，山上还住着亚美尼亚人、希腊人，他们从事

1 埃尔祖鲁姆，位于土耳其安纳托利亚高原的东部，土耳其最大省份埃尔祖鲁姆省的省会，旧译“埃尔斯伦”，是土耳其东部山区最大城市与军事要塞。

商业和手工业。

马可·波罗还描述了土库曼人的土地，他们在山脉和峡谷中过着游牧生活。

他称赞土库曼的地毯。

考察马可·波罗走的路线是非常困难的。蒙古人当时新占领了一些国家，很多城市里住的仍是原来的居民，然而这些城市要么仍沿用以前的名字，要么采用征服者给它们命名的名字。

马可·波罗走的路线就从亚拉腊旁边经过，也许他到过埃里温[1]。

大亚美尼亚与摩苏尔接壤。马可·波罗可能没有到过摩苏尔。马可·波罗见过以及仅仅听说过的大地，在他的记述中都有所提及。确实，他说过，摩苏尔织造优质的布卡郎料子，是世界上最美、最精致的布料。所有的女王都穿这种布料。显然，这指的就是麦斯林纱，商人在这里是不会看错的。不过，对于马可·波罗来说，摩苏尔最重要的东西是钻石，他还根据一些童话讲述了这些钻石的故事。他这样讲道：

“在那些山里有许多又大又粗的蛇，凶恶且有毒；山洞里有许多钻石。小溪把钻石冲到一些岩洞和大山洞里。那里有一个又大又深的山谷，周围的岩石上都是岩洞，没有人敢到那里去，于是人们就这样做：拿上一些肉块扔进深深的山谷里，肉块落到许多钻石上，钻石便粘在上面。老鹰看见肉块，把它叼住，衔到另一个地方，人

1　亚拉腊和埃里温均为亚美尼亚城市。

们就大声吓唬老鹰，从它那里把肉夺下来。或者跟在老鹰的身后，在它扔的垃圾里找到钻石。”

不，马可·波罗没有到过这些地方。

他到过大不里士。

“大不里士是波斯帝国的大城市。大不里士的人们做各种手艺活儿，这里加工用金线织的昂贵布料和丝绸面料。到这里购买外国货的是拉丁商人，这里可以买到宝石，到这里来的商人往往能赚取到巨额利润。

“当地人很少做生意，而且这里有形形色色的外地人，有亚美尼亚人和波斯人，有格鲁吉亚人，有聂斯托利人，还有雅科维特人。城市四周有美丽的花园，有许多各种美味水果。”

马可·波罗就是这样谈论大不里士的。我们下面用克拉维约的讲述来补充他的描写：

“这座城市坐落在一个山谷里，两侧的山脊上树木稀少。城市四周没有围墙。左边的山脉与城市毗连，这些山上流下来的水对健康无益。右边的山脉覆盖着积雪，一些溪流从这些山上奔腾而下，它们被引入城内，在这里顺着各个沟渠分流而去……城里有许多修整漂亮的街道和小巷，有许多大型市场，这些市场的大门极像阿尔卡塞里亚市场[1]上的大门，大门里面还是一些房子和店铺。这里有很多过道以及通向不同街道的大门，这里既卖丝绸布料，也卖棉布、檀香、塔夫绸、真丝布料和珍珠。

“在这个市场的一个过道里出售女性用的香水和油膏，女人们自

1　阿尔卡塞里亚市场，阿拉伯以前的丝绸市场。

己来买这些香水；女人出门时都戴着白色面纱，眼睛前面罩着黑色马鬃做的小网。

“在这个城市的街道和广场上，”克拉维约接着写道，“有很多池塘和水井，春天时里面满是碎冰块，放着许多铜杯和锡杯，人们可以用来喝水。”

马可·波罗可以在这里购买珍珠，或者看着自己的父亲在店里购买珍珠。

买珍珠时的情景是这样的：两位商人对面而坐，手上盖着手帕，手指的每个关节表示珍珠的不同特性及其价格。珍珠的圆度、大小、色泽、均整度各不相同，因此价格也不同。两个人对面而坐，他们的手被遮盖住，手指则在讨价还价。这种交易并不需要大喊大叫。这种语言年长的波罗兄弟应该是通晓的。

马可·波罗本人的书中很多事情都覆盖着手帕，只有懂得商人手语的人才能理解他。

马可·波罗没有大肆宣扬自己的生意，也没有讲述热那亚人无须知道的那些东西。

波罗一家走的路线绕来绕去：几位商人沿途买入和卖出，很多地方绕行而过。这可以解释为什么他们很难走直线。

尼科洛·波罗和他的兄弟马费奥走得很慢。

年轻的马可怕见生人。父亲对他而言是陌生的，他以前从没见过父亲。父亲更多的时候说鞑靼语，开玩笑也和威尼斯不一样，他讲起过大汗赠给他同行的那些女人。他拿儿子的尴尬逗趣儿，但是儿子开玩笑的时候，他又责骂儿子。

穿越波斯南部之旅

商人们从大不里士来到萨韦城[1]，城市已是一片废墟。他们可能从这里去了伊耶兹特城[2]，或者叫作亚兹迪。这是一个美丽的大城市。马可·波罗写道，这里出产很多丝绸布料，人们称之为亚兹迪，商人将其销到各个国家赚取丰厚的利润。

从这里有七天的路途是在平原上，偶尔会途经一些树林和草丛。野鸡穿过大路，不情愿地飞起来。

马可·波罗朝着它们射箭。

远处可以看见一群群野驴，它们正在飞快地奔跑。

商人们在野地的篝火旁过夜，把羊毛毯子铺在地上。

七天后他们来到克尔曼王国[3]，这个王国刚刚被鞑靼人征服。这里有绿松石矿。绿松石在波斯历来都很值钱，不过民间流传说，绿松石是为爱而死的人的骨头，戴着它并不吉利，因为爱情将会遭

---

1 萨韦，伊朗城市。

2 伊耶兹特，伊朗城市。

3 克尔曼王国，古代波斯的一个王国。

遇不幸。

绿松石销往各地——品质最好的只做抛光，稍差的刻上金字，吉祥物上的文字便会掩盖宝石的缺陷。这是一个有利可图的买卖。

这里还生产优质钢材，也制作马具、缰绳、马鞍，还生产弓和箭囊。女人们在布料上刺绣。

在这个国家的山区有最好的猎鹰——体形较小，腹部和颈部呈红色。带着猎鹰狩猎是人们喜爱的活动和时尚，猎鹰是最好的礼物。

猎鹰在波斯诗歌中是奴颜婢膝的象征——驯服的猎鹰总是恭顺地回到主人那里，也总是跑在他前面，高举起翅膀，垂下头，一副少见的卑躬屈膝的样子。在当时流行的《鸟类座谈会》一书中就是这样描写的。

他们离开克尔曼城后，在途中看到一些不大的要塞、村镇，有很多野物，用买来的猎鹰在这些地方捕捉松鸡是非常容易的。

夜里天气变冷了，旅行者们盖着毛毯和大衣勉强能抵住寒冷。他们穿的大衣是波斯的，有长长的袖子。

旅行者们睡觉的时候把腿伸进大衣袖子里。

两天里道路一直下行。两天后他们见到了科曼季城的遗址。

总的来说，周围的遗迹非常多。

土墙没有了屋顶，已经模糊难辨。有时从墙壁上掉下来的瓷砖在废墟之中泛着光彩。以前这里种植庄稼和葡萄园，现在则是鞑靼人在此地驱赶着自己的畜群。商人们都有小金牌，他们因此可以用言语、叫喊、棍棒和树枝下达命令。

阳光越发灼热。山上长着野生的无花果，鸟儿歇在枝繁叶茂的无花果树上。晚上野猪走到营地跟前。

在花园的废墟中生长着海枣，在田野里牲畜的样子发生了变化，硕大的白色公牛脊背浑圆，它们看着大路。羊像驴一样高大，它们的屁股被又重又粗的长满脂肪的尾巴——羊臀脂肪遮盖住了，有时它重达三十磅。

吃的是加了羊油的米饭。这种米饭是用手抓着吃的，并在靴子、马鞍上擦手，以防皮质变干。

过夜的时候担惊受怕：周围有劫匪出没，他们抓捕行人和牲畜。上了年纪的人就杀死，年轻人则卖为奴隶。劫匪有自己的国王——脱离大汗独立的涅古迭儿[1]。他的队伍隐蔽在与印度接壤的地区，与所有人交战。

马可·波罗对这些劫匪的讲述简短而又充满了恐惧：

“他们的母亲是印度人，而父亲是鞑靼人。当他们计划入侵并洗劫某个国家的时候，他们就用巫术制造黑暗。他们边走边制造黑暗。他们占领平原以后，那里没有什么能够躲过浩劫：无论人还是牲口，抑或是他们带不走的那些东西，都躲不过。”

马可·波罗一行继续往前走。接下来是个斜坡。天气渐暖。湿润代替了山脉的干燥，能感觉到大海的气息，出现了一些色彩艳丽的鸟儿，马可·波罗都不认识。最终旅行者们来到了霍尔木兹市[2]。城市坐落在海边。码头也正是在这里。

马可·波罗称这片海域为“海洋”，然而这里是波斯湾。

---

1 涅古迭儿，察合台的孙子。

2 霍尔木兹，伊朗南部港口城市。

来自印度的商人乘坐自己的船只来到这里，运来香料、珠宝、珍珠、布料、象牙。这里是东方的重要港口。马可·波罗写道（引用他的话有所删减）：

“这里太阳烘烤得厉害。国家的风气不正。法规令人难以接受。如果商人死亡，那么他的财产就要被国王据为己有。海枣酒很美味，但是它却能致人腹泻。人们不吃白面包和肉，而吃无花果、咸鱼和葱。这里的人是黑色人种。人们夏天不是住在城市里，而是住在花园里，每当起风的时候，人们就都躲进水里。地里的粮食十一月播种，三月收割，只有海枣能生长到五月。

“这里是如此炎热，”旅行者讲道，“有一次热风竟然致使敌军一千六百名骑兵和五千名步兵死亡，于是霍尔木兹市的居民为避免传染不得不安葬了自己的敌人。”

从这里可以走海路前往中国，但是船舶太不可靠。“他们的船不结实，”马可·波罗讲道，“它们不是用铁钉钉合的，而是用椰树皮编的绳子连接固定的。这种树皮需要一直捶打，直到它细如马鬃，然后用它编成绳索，用来连接固定船板。船上有一根桅杆、一面船帆，没有甲板。货物上盖着皮革，皮革上安置着马匹，它们被运往印度出售。乘坐这种船航行是危险的……”

商人波罗一家没有乘船而行，而是急转返回，几乎笔直向北进发，以便能走陆路途径帕米尔高原前往忽必烈那里。

从大不里士到波斯湾的旅途耗时很长，可能是因为商人们途中一直做着生意。此外，还有另一个原因。也许这才是主要原因——

忽必烈于1263年赐予可汗旭烈兀伊尔汗的封号[1]，以此承认其独立。但是好好看看伊朗正在发生的事件，也很必要。

蒙古人当时打通了商路，消灭了阿萨辛派[2]，该派将在后文谈及。

在漫长的路途中，波罗兄弟为忽必烈视察了旭烈兀汗国的状况以及伊朗的商路。

1　伊儿汗，旭烈兀王朝蒙古诸汗的尊号。

2　阿萨辛派，伊斯兰教什叶派伊斯玛仪派分支。

商人波罗一家在帕米尔附近过冬

研究人员从未在地图上标出过商人波罗一家的精确路线。

这大概是因为他们不仅仅是旅行者，还是商人。他们边走边在一个地方购买商品，并在另一个地方售出。也可能是因为一个兄弟多次绕行去购货，而另一个兄弟则等着他。

根据以上的讲述可以看出，一路上有很多岔道。

这个时期有各种各样的商人。热那亚人和威尼斯人的买卖是从商行到商行。

为了想象那个时代世界上的生活，有必要回顾一下当时商路的情况——居民点分布在商路沿线和船港附近。这样一来，人们生活的居民点并不大。我们已经看到，热那亚人的居民点就一直延伸到大不里士。

马可·波罗通常不是按照民族来称呼各族人民，而是按照宗教来称呼，有时每个民族都给起一个宗教名称。

在他笔下，穆斯林全都叫作撒拉逊人。撒拉逊人这一称谓之下同时包括维吾尔人和波斯人以及阿拉伯人。

同样，马可·波罗也是把聂斯托利派当作一个民族来谈论的。

聂斯托利派是叙利亚基督教派的一个分支，是宗教迫害的产物，因从事贸易活动而广泛分布在东方。聂斯托利派的坟墓在中国和我国的西伯利亚都可以见到。信奉聂斯托利派的叙利亚人没有自己的文化，在他们的整个历史生活中一直扮演着异国文化传播者的角色。他们把希腊文化带到了阿拉伯人和波斯人那里。他们是传播文化的民族——从希腊和阿拉伯文化开始传播。叙利亚雅科维特人也传播文化，通过他们传到欧洲的有阿拉伯寓言和印度童话。聂斯托利派被逐出拜占庭，移居伊朗并从那里继续迁往东方。他们带来了自己书写方式——字母文字。他们的字母成为蒙文和朝鲜文的基础。

但是在聂斯托利派中，除了叙利亚人以外，还有一些维吾尔人，也可能还会有任何一个民族的人。

聂斯托利派居住的村落，目前在库尔德斯坦的乌尔米耶附近和美索不达米亚、中国西部和印度的马拉巴尔海岸仍然可见。

民族通常与职业相关。一些手工业往往集中在固定的地区，这情形与不久前在尚未发生革命的俄国一样。这是一种残余现象——例如，就像现在，法国的擦鞋工当中常常有很多萨瓦人，而在我国有很多艾索尔人[1]（聂斯托利派），这也是旧事物的残余。

人们不是密集地群居，而是商人和手工业者小群聚居。

在中亚的城市里居住的是波斯人，而村镇里居住的是种植灌溉地的突厥农民，旱地上则居住着蒙古牧民。而商路沿线分布着各个

1　艾索尔人，亚述人的旧称。

民族的商行，这些商行往往以企业原则联合起来，有时也可能是宗教性的。涅斯托利派、基督教骑士团的商行就是这样创建起来的。这些商行通常不会与周围居民混杂在一起，因为它们只是为商人提供原料，所以它们感兴趣的不是人，而是商品。中介贸易脱离了生产，改变并决定了当时居民点的分布类型。

卡尔·马克思说："古代世界从事贸易的民族是存在的，它们就如同伊壁鸠鲁[1]的宇宙空间中的诸神，或者更确切地说，如同波兰社会中各个时期的犹太人。早期独立的、极速发展的贸易城市和从事贸易的民族的商业活动，如同纯粹的中介贸易一样，是以从事生产活动的各民族文明程度较低为基础的，对这些民族来说，从事贸易活动的城市和民族起着中介作用。"

在《一千零一夜》中我们看到，东方的许多城市里都有各国的贸易街区。在君士坦丁堡给俄罗斯人划定了一些街区，他们有权在这里居住。莫斯科近郊是德国人的居住区。这些现象发生在不同时期，但是却相互关联。

商人波罗一家从一个商行前往另一个商行，就好像参观自己的商行一样。

波罗兄弟的商队继续不停地向前走。巴尔克市已经成为废墟，原本这里可以做几笔不错的买卖。房子的大理石墙壁都熏黑了，门柱上悬挂着破碎的蓝色大门。

大门上面有题词：

1　伊壁鸠鲁（前 341—公前 270），古希腊唯物主义哲学家。

“本城以上帝的名义建成，根据苏丹的意志成为天堂。”

城里十分安静，阳光明媚。野草从马路上的石头缝里钻出来。城市寂静无声，就像城门口的墓地一样。野山羊在葡萄园里游荡，啃咬着葡萄。葡萄园的木桩已经腐烂，但是沉甸甸的棕色藤蔓非常结实，就像粗粗的绞合铁丝一样，如同一幅植物根茎的素描画。

商人们带着货物从死寂的城市出发，向东北走了十二天。沿途有很多草地、很多野物、河水，却渺无人烟。

十二天后，他们见到了盛产食盐的城堡。

盐很坚硬，要用铁器才能把它采掘下来。

这个民族非常勇敢，人们身着兽皮，喝煮过的酒。他们是穆斯林，穆斯林是禁止饮酒的，但是盐矿附近的人们却说，火改变了酒的本质，甚至也改了酒的名字。

商人波罗一家走了三天，终于来到巴达赫尚[1]地区。这里有一个城市叫作巴达赫尚，现在它甚至连遗址都没有存留下来。城市旁边就是矿场，人们在那里的深洞中开采红宝石。

采下一块岩石以后，人们就用凿子把它的四周一点点地剥落，寻找红宝石。就是在这里，在这个城市里，人们用磨石琢磨红宝石。开采红宝石的国家名为舒格南。正是在那里能采到漂亮的青金石，其矿苗一度已经找不到了，直到现在才被苏联地质学家发现。

巴达赫尚王国的许多城池位于高山以及交通不便的地区，出产大量的小麦。这里的人们非常勇敢，不畏惧敌人。

1　巴达赫尚，现为阿富汗的一个省。

商人们卖掉棉布，因为上流社会的男人和女人都穿带褶的裤子——做这种裤子需要六七十，甚至一百尺的棉布。

“而这一切，”马可·波罗写道，“是为了让臀部看起来肥胖一些，丰满的女人深受男人喜爱。”

商人们卖掉镜子和眼霜，而购入红宝石，他们与国王讨价还价：国王并不大量出售红宝石，以防市场价格走低。

商人们一边做着买卖，一边等着天气变暖，在这里驻留了很长一段时间。这个地方是安全的。商人们前往巴西亚山谷——炎热的地区——和克什米尔山谷，从那里就可以抵达印度洋。

此时小马可已经长大成人。他谈到巴达赫尚王国时说：“人们又黑又瘦，女人虽然也皮肤黝黑，却很漂亮。”

春天来了，需要继续往前走。

阳光已经十分灼热，如果把马缰绳缠在手上，那么到傍晚的时候手上就会留下一条白纹——顷刻间就晒黑了。湛蓝的冰雪在阳光下熠熠生辉，它们十分刺眼。三个威尼斯人沿着歪歪斜斜的小路走向蔚蓝的天空。山谷变成了峡谷，峡谷越来越陡峭，有许多野兽出没。牧场都非常美。野山羊在山间跳跃。它们到河边喝水的时候，被杀死在那里。这就是山隘了……

两条河流的源头在这里交汇，几乎就是碰个面而已；朝一个方向奔流而去的是喷赤河[1]，它从中游开始更名为阿姆一达里亚河，流向另一个方向的是印度河的支流。四周是冰川及其湛蓝色的冰层。

1 喷赤河，流经塔吉克斯坦、阿富汗境内。

冰川与蓝天融为一体，春天的天空洁净湛蓝，冬天这里铺满皑皑白雪，这里就是中亚的水源地。

商队已经开始骑乘牦牛——一种低矮的公牛，牛的长毛把干草和山隘中的积雪刮得纷纷扬扬的。

他们在那个平原上走了十二天，现在那个平原叫作阿莱谷。

人们用草根生起篝火。看不到鸟儿。篝火烧得不旺，因空气不足而奄奄一息。水很容易烧开，但是却煮不熟肉。

接下来的道路就开始下行，呼吸变得更加顺畅，于是马可·波罗的内心不再忧伤，在山上的时候他满腹忧伤。

道路逐渐降低，又出现了高山牧场、矮生桦树，小溪汩汩流淌，看得见防御工事的塔楼。

玉石之国与黄沙之国

和田地区的天气已经转暖——这里种植着棉花、葡萄。但是，商人们并非出于这个原因而在此地驻留。

过了叶尔羌河便是沙漠，上面稀疏地分布着沙丘和沙梁，由山间急流冲积而成。接下来的土壤含石块较多，道路走的是古老的河道。

随处可见挖掘的大坑，这些坑深约两米，宽数米。人们从这些大坑里采出巨砾、砾石、砂、黏土，将其冲洗找到玉石。

玉石的价格千差万别。黄玉或带有暗红色纹理的白玉最为稀有贵重。如果原石的纹路较粗，那就更加昂贵。

玉石从这里运往四面八方，几经倒手，曾经一度卖到北部海域。

人们曾经用玉石制作上好的石斧。后来玉石不再实用，转而成为贵重之物。

在中国，玉石是最珍贵之物。北京的一处城门称为玉门——经过这道门将宝石运入城内。

在这里，在帕米尔高原附近，商人波罗一家采购了大量玉石。

随身携带皮货或羊毛是不利的，因为前面的道路仍然漫长、艰苦。

商人们带着软玉和红宝石进入了沙漠。

沙丘都朝着一个方向，被风吹得泛起粼波，一直延伸到天边。四周是一片大漠，只有当地人知道哪里有水井。

敌人进犯之时，当地居民便躲进沙漠和其他的绿洲，风则湮没他们的足迹。

到处都是山脉、沙土、多石的峡谷，哪里都没有食物。

把细细的皮水桶放下井。井里的水够五十人饮用，有时够一百人饮用，牲畜喝的是从井底汲取上来的污水。沙漠是可怕的。

马可·波罗是如此讲述沙漠的：

“夜晚在那个沙漠里行走，要是谁落在了同伴的后面、睡了一会儿或者去做了其他什么事儿，那么这个人刚要追赶自己人，他就会听到幽灵的说话声，他便误以为是同伴们在叫他的名字。幽灵常常把他领到没有办法走出来的地方，这样一来他就会在那里死掉。更有甚者：就算是白天人们也能听到幽灵的声音，常常会产生错觉，好像听到许多乐器在演奏，就像是在敲鼓。”

关于这些噪声和可怕之事，马可·波罗之前的中国游客也曾经谈及。

旅行者们穿过沙漠，途经一些城市，现如今这些城市已被黄沙掩埋。他们在沙漠中行走，路过一些没有入口的塔楼。塔顶驻防着警卫。如果旅行者接近塔楼以逃避劫匪，警卫就会放下拴好的梯子，旅行者便扔下货物和骆驼，在塔楼里躲避几周。

记不清过了多少天，商人们来到哈密地区，马可·波罗称此地为喀穆尔。

“这个地区位于两个草原之间，这里的人们非常开朗，时常玩乐、唱歌和跳舞，以此来愉悦自己的身体。他们总是欢迎外国客人的到来；吩咐妻子要满足外来客人的所有愿望，他们则去忙自己的事务，常常两三天不回家，而客人在那里想要做什么，就和他们的妻子一起做；和她睡在一起，就如同和自己的妻子睡在一起。客人随心所欲地快乐生活。不论在这个城市，还是在这个地区，妻子们就这样与客人相好，而丈夫也都不以为耻，妻子们又美丽又开朗，都爱寻欢作乐。”

老光棍、马可·波罗的叔叔、商人马费奥·波罗叹了口气说：

“应该年轻的时候来这个国家。”

当时执政的还是蒙哥汗，鞑靼的国王，他偶然得知在喀穆尔人们把妻子献给外国人。于是蒙哥汗便下令，任何人都不能因害怕惩罚而接待外国人到自己家里做客。

喀穆尔的人们听说这道命令后非常难过。他们聚在一起商议，然后带上贵重的礼物，把礼物送到蒙哥汗那里，请求他允许他们像祖先死前嘱咐的那样生活。而这里的祖先们说，神明爱他们，是因为他们把妻子和一切财产都献给外国人，因此他们的粮食才能够丰产，所有的努力都能成功。

蒙哥汗听到这件事以后说道：“你们想丢人现眼——那就按自己的方式生活吧。”于是他就同意他们按照自己的方式生活并保留自己的习俗。

商人们在这个国家休整后开始继续往前走，抵达长城。

他们路过一些石棉矿，踏上了中国的大地，对这里盛产大黄赞叹不已。

他们在长城的西北角的城市赣州府住了下来。

这个城市美极了。

这里有三个基督教教堂、一个清真寺、几个中国寺庙，神像有木制的、泥土的、石头的，所有的神像都是镀金的，制作精细。

商人们在这里住了一年。

马可·波罗说：

“尼科洛、马费奥和马可因不值一提的生意，在这个城市住了整整一年。”

我们读到的描述，大多都是描写人们因大汗的事务而匆忙赶路。然而在这里，人们通常不是住几日便离开，而往往驻留多年。波罗一家可能在这一年里生意做得很大，利润很好。也许利润相当可观，甚至大汗都加入他们当中。

商人们已经在外行走多年。马可·波罗学会了说鞑靼语。他经历了许多个冬天和夏天，看到了很多不同的信仰、道路和女人。他们的资金多次周转。最终兄弟们来到忽必烈大汗那里。

忽必烈大汗的皇宫

五月，波罗兄弟马费奥和尼科洛与小伙子马可一同抵达忽必烈大汗的皇宫。还有四十天路程时宫里就派人来迎接他们。

波罗兄弟一行人来到一个富丽堂皇的宫殿。宫殿四周是十六英里长的宫墙。宫墙外是御花园。这里放养着许多鹿、麂鹿和羚羊。忽必烈每周一次出行狩猎，用驯化的猎豹追捕野兽。忽必烈是成吉思汗的后裔，他从小就习惯于游牧生活，由于蒙古人已经十分汉化了，因而忽必烈按照汉人的方式过着游牧生活。墙外还有一处竹子建造的大亭子，柱子都刷着金漆。每根柱子的顶端都盘着一条龙：龙头支撑着椽架，而龙爪则攀附着熠熠生辉的竹屋顶。这座亭子可以拆卸；它像一顶帐篷，用两百根丝绸绳索系牢。

忽必烈在这里一直住到八月。八月二十八日这里赶来一万匹白色母马。有权喝这些母马乳汁的只有大汗的族人以及卫拉特[1]部落的人们。这一万匹白色母马缓缓而来，它们走在尘土飞扬的大路上，

1 卫拉特（人），亦称“额鲁特”、“厄鲁特”，清时西部蒙古各部落的总称；元代称“斡亦剌”、“瓦剌”，明称“瓦剌”。

没有人敢挡住它们的去路。

人们用这些母马的乳汁酿制马奶酒，八月末将其倒在大地上祭拜神灵——大汗的庇护者。

在宫殿的屋顶上站着一些喇嘛，有西藏的和克什米尔的。他们昼夜守卫在那里施行法术，以防灾祸降临大汗的宫殿。

大汗威力无比，据说，他每日清晨向所有人发号施令时，也不会忘记命令太阳，让它升起。

大汗已经上了年纪，他担心睡过了头，于是便把这个职责交给了典礼官，否则就会天下大乱。藏族人预防灾祸降临，汉族人则计算太阳的运行——他们知道哪些日子是太阳遭受劫难的时候，在这些天里他们就备好黑色药末，在所谓的铜钵里将其点燃，并向空中投掷石块，逼迫龙从口中吐出太阳。

1256年忽必烈登上皇位。

当时并非整个中国都已臣服于忽必烈，因此占星家说，大汗不能带着乐队在都城的街道上行走。背信弃义的鞑靼人仍在海边作战，虽然忽必烈手下的一些诺颜已经开始对骑马感到生疏，但是还有很多人在草原上放牧着畜群，在严寒地区也有很多自由的猎人，那里出产皮货。

在忽必烈的宫廷里奉养着很多不同派别的基督教徒。也可能就是在这里，来自不同城市的意大利人之间相互敌视。

商人波罗一家受到恭敬的接待。他们向大汗报告他们走的路线、所见所闻、西方城堡的分布情况、沿途的贸易情况。大汗亲切接见了兄弟二人。他看到了马可，马可那时年轻英俊。忽必烈问：

“这是谁?”

“陛下,”尼科洛答道,“这是我的儿子，你的仆人。”

“热烈欢迎。”大汗说道。

宴会场面盛大。

忽必烈坐在宝座上。人们喝葡萄酒，葡萄树是不久前运到中国来的，喝马奶酒，也喝黄酒，还有蜂蜜酒，也有大麦酒，还有棕榈酒。

忽必烈一边喝酒一边与波罗兄弟交谈，询问他们路线和商品的情况。

马可·波罗离开宴席。忽必烈的花园景色优美。这里有世界各地的猎鹰、冰海[1]的大雕、吉兰海的金雕，它们善于捕捉奔跑中的狐狸并且能啄食狼的眼睛，赤腹鹰适合猎捕仙鹤，五色缤纷的印度小鸟既没有名字也不鸣叫，在镀金的笼子里盘旋。墙外的草原上盛开着罂粟花。

天空温和宁静——没有一丝云彩。这里的春天晴朗无云。

忽必烈饮酒毫无节制。

医生爱薛[2]出生于意大利，他走到大汗跟前，对他说了实话：

“喝酒有害，吃肉无益。”——大汗的双腿因此而浮肿。

大汗喜欢听实话，但是更喜欢喝酒。

“伟大的万王之王名为忽必烈，从外表上看：他身材很好，不高不矮——中等身材。肌肉发达适度，体态匀称。脸庞白皙，面颊像

1　冰海，阿尔卑斯山第二大冰河。

2　爱薛(1227—1308)，元初入华的阿拉伯天文学家、医学家，今译“伊萨”。

玫瑰一样绯红；眼睛是黑色的，很好看，鼻子也非常漂亮。他合法的妻子有四个，他的长子在大汗死后可以继承帝位；她们被称为皇后，每人都有自己的名号；也各有自己的宫殿，分别还有三百个漂亮可爱的女仆。

“她们有很多仆人，有太监以及其他侍从，还有贴身侍女；每个妻子的宫殿里仆人多达一万人。每当大汗想让哪个妻子侍寝的时候，就把她召到自己的寝宫，有时他也会亲自到她们那里去。他还有许多其他妃子……

“每隔两年或依本人所愿，大汗便派出自己的一些使臣，让他们根据一定的标准为他挑选最漂亮的姑娘，一般要挑选出四百人或者五百人，或多些或少些。使臣们抵达某地后，便下令该地所有姑娘集合在一起并派出挑选大臣。他们评价这些女孩的方式如下：这些人查看每一位姑娘的身体细节，即检查头发、面庞、眉毛、嘴巴、唇部以及其他部位是否匀称，然后把她们定为16K、17K、18K、20K[1]的等级，也可能更高或更低一些，这取决于她们的美貌程度，最后根据大汗的命令挑选出所需数量的20K或21K的姑娘并把她们带走。

“在宫廷里，另外一些挑选大臣对她们再次进行考察，而在所有的姑娘当中大汗会挑选三十或四十个等级最高的留在自己的内室——她们先是被分派给各个亲王的妻子，后者夜里必须观察姑娘们是否有不雅行为，她们睡觉时是否安静，是否打呼噜，她们呼出

1　K，即克拉，表示黄金的成色，此处用来代表美女的等级。

的气息是否清新，是否有难闻的气味。

“经过这些考察之后，姑娘们每五人被分为一组，每组要在大汗的内室住上三天三夜，侍奉大汗。随后，前面一组的五个人被另外一组的五个人替换下来，就这样轮流换班，直到所有的人都能很好地侍奉大汗。某一组的五个人在大汗内室侍奉的时候，其他人就住在旁边的房间里。当大汗想要用膳、喝水或者有其他需要的时候，内室中的姑娘就吩咐旁边那些房间的姑娘，她们便把所需的东西送来。服侍大汗的只有这些姑娘。

“另外一些等级稍低的姑娘住在其他亲王的宫殿里，她们要学会烹制食物、缝制衣服以及其他各种手工活儿。如果哪位大臣想要娶妻，大汗就从这些姑娘中选出一人赐给他，并且赠送一大笔嫁妆。这样一来，他把她们都嫁给了大臣。”

忽必烈的合法妻子共生了十个儿子，其中七个有“王”的爵位，即被封为王。其中一人称为“安西王”，另外一人称为“北安王”。还有西藏王、唐古特[1]王，另外有一个儿子负责管理边境。

在中国南方还有一个汉族人的皇帝，那个皇帝出去游玩时甚至把女人套在车上。他百无聊赖。

忽必烈大汗也觉得无聊。他一个个宫殿游玩，把犹太人、穆斯林、基督徒、巫师召集到宝座前，让他们就“上帝”这个话题进行争论。他奖赏胜者，罚败者饮酒，而且总是开怀大笑。

大汗十分贤明，可是人们却都惧怕他，进门的时候害怕，坐着、

1　唐古特人，也作唐古忒人，我国清代文献中对青藏地区及当地藏族的称谓。

站着、说话的时候都怕他。

在威尼斯，马可·波罗是在没有长辈的家庭里接受的教育，而在觐见大汗之前，他有四年时间游历了许多不同的国度。

他谁都不怕。

当商人们被忽必烈问及沿途情况的时候，他们经常混淆城市的名称，对路线的描述也模糊不清，常常忘了哪里长着什么样的草以及如何翻越山隘。于是他们就叫来马可。马可一切都记得。他不害怕被大汗宫殿的门槛绊住，大胆地与大汗说话，大汗和他在一起感到很有趣，于是允许马可在他身边随行。

马可开始被称为“马可·波罗先生”。

马可·波罗跟随在大汗身边从夏日行宫去了冬日行宫汗八鲁。

汗八鲁是马可·波罗的说法，确切的说法是汗八里[1]——这指的是今天的北京；当时那里有规模宏大的大汗宫殿。关于这座宫殿马可·波罗有所记述，它当时情形如下：

“首先是方方正正的宫墙；每面宫墙长一英里，也就是说，周长为四英里，墙体很厚，高度足足有十步，墙是白色的，一圈都带有垛口；每个墙角处都建有一座富丽堂皇的宫殿；宫殿内存放着大汗的铠甲、弓、箭囊、马鞍、马缰、弓弦——所有这些都是战争所必需的；每面宫墙边也都建有一座宫殿，与墙角的宫殿一样；沿着宫墙共有八座宫殿，所有的宫殿里都有大汗的铠甲——要知道，每座宫殿里都只储存一种军需品：如果一座宫殿里存放着弓箭，那就不

1　汗八里，即元大都，或称大都，突厥语称为汗八里，意即“可汗之城”。

再存放其他物品，另外一座宫殿里则只有马鞍，因此每座宫殿里都只储存一种军需品。

“在朝南的宫墙上建有五个门：中间的门很大，只有大汗出入时才打开；这个大门两侧各有一个门，其他人都由这两个门进出；每个角落也都各有一个门——任何人都可以从此进出。

“这道宫墙内还有另一道宫墙，两道墙高度相同，只是后者墙体较薄，这道宫墙内建有八座宫殿，与前面提到的宫殿一样，里面也存放着大汗的铠甲。这道宫墙的南侧，也像第一道宫墙一样有五个门；角落里的门也像那里的门一样；正中间是大汗的宫殿，它建得十分宏伟：如此之大的宫殿在其他任何地方都见不到，宫殿只有一层，可是房基却高出地面十拃，房顶极高。

“大大小小的房间的墙壁上挂满了金银饰品，画满了龙、野兽、飞鸟、马匹以及各种神奇之物，因此墙壁被遮蔽得严严实实的，除了金色饰物和绘画，什么都看不到。大厅极为宽敞，可容纳六千余人用餐。

“令人惊叹的是，那里的房间如此之多，宽敞而又布置得十分华丽，这世上没有人能把房间修建和布置得比这更好。屋顶有红的、绿的、蓝的、黄的——各种颜色都有。装饰得精致而又美妙。

“这样的屋顶，您要知道，建得很坚固，可以维持很多年。第一道宫墙和第二道宫墙之间是草地、美丽的树木以及各种动物：这里有棕鹿，有盛产麝香的动物、羚羊和黇鹿以及其他各种美丽的动物，墙内只有在人们来往的路上才见不到它们，但是在其他地方就会有许多美丽的野兽。

“草地上青草茂盛——所有的道路都是铺砌而成，高出地面两肘，那里没有污泥，雨水从不在上面淤积腐臭，而是流淌到草地上，使土壤肥沃，青草因此而茂盛。

“西北角有一个大湖，里面有许多各种各样的鱼。大汗吩咐往里面放养了许多种鱼，每当他想要吃鱼的时候，想要多少，那里都有。有一条大河，我跟你们讲，源头就在这里，它发源于这个湖泊，鱼儿能出去的地方都用钢铁网拦住了。

“在皇宫北侧，我跟你们讲，大汗命令在距离一个射程的地方建起一座小山。这座小山的高度有一百步，而周长为一千步；整座小山被树木覆盖——这些树木总是郁郁葱葱，四季常青。

“每当有人向大汗提到某棵漂亮的树木，他便下令把那棵树连根带土挖出来，用几头大象运到那座小山上；无论树有多大，都会把它运来，于是世界上最漂亮的树木就全都在这里了。大汗命令用天蓝石和绿色植物覆盖这座小山，于是这里的树青、山青，一切都是青色的，这个山冈便被称为青山。在山顶上的正中有座宫殿，又大又美，整个宫殿也都是绿色的。”

在这个花园里，忽必烈的面色像玫瑰一样红润。

蒙古王朝自认为是中国的第二十个王朝，以元为国号。

忽必烈的政策极为复杂。蒙古王朝对儒家学派的官员怀有敌意。这些官员渊博的知识是以较难的汉字为基础的。

蒙古人发明并推行新的、非常复杂的音节字母——即所谓的方形字[1]。这样一来，他们便把汉族的学者从行政和商业领域排挤出

1　指的是当时蒙古人所使用的文字八思巴字。

去。宫廷内的行政职务由来自世界各地的外族人担任，其中就有马可·波罗。

13 世纪和 14 世纪——对中国而言是发展远洋贸易关系时期，也是将汉族人排挤出国家行政部门的时期。但是这一时期的中国文学超越了传统，这个时期创造了描写日常生活的中国古典小说和中国戏剧。

蒙古人受到汉族文化的影响并且想要掌握这种文化。忽必烈重建了科学院，即所谓的“翰林院”。进入翰林院必须经过考试选拔，翰林学士年龄应该不小于二十岁，要忠于蒙古帝国，孝顺自己的父母。入仕考试很简单：只需撰写一篇五百字的文章。

在各个学馆学习的汉人和蒙古人数量相当。

除了文学以外，“翰林院”还研究解剖学、占星术以及天文学。离大汗宫殿不远处有一个天文台，那里有很多学识渊博的汉族人、蒙古人和穆斯林。到那里任职要通过对日历、占星规则、五大行星的运行规律以及地理学知识的考查。

学馆的官员们也研究道德方面的书籍和历史学家的著作。

穆斯林单独学习。

忽必烈就这样鼓励科学发展，他在给自己的王朝取名时，用的是著名的中国古典书籍《易经》中的第一个字。

司天台的官员记述天象。“集贤院”（它也隶属“翰林院”）成立由二十二人组成的机构[1]，这二十二人一直跟随在大汗身边，以便

1 忽必烈曾建议朝廷在翰林院下建立翰林兼国史院以搜集记录并且撰写辽史和金史。

记录他的所有言行。

那时这里有花园，有“翰林院”官署、司天台，而在它们当中忽必烈的面色像玫瑰一样红润。

威尼斯人来到中国都城，马可·波罗对其予以记述

中国的报纸早就已经问世；报上的文字不是排版印刷的，而是刻在木片上，同时刻制几份，印版由信使加急送往国内各地。

中国还出版皇历。

马可·波罗称之为“塔克维姆”[1]。这个词来自阿拉伯语。它在波斯人所共知，意大利伟大的但丁之子雅格布·阿利吉耶里后来使用过这个词。

在中国，当政者——可汗、诸侯往往亲自颁行皇历。它们的尺寸和价格不同。皇历是用木板印刷的。穆斯林的皇历单独出版。

在中国的皇历中，通常标明结婚的最佳日期、吉日和凶日、缝制衣服的最好日子、向皇帝递交的呈文的格式以及其他一些有用的信息。其中会标出国内各个地区的日出、日食、满月和新月的时刻。

皇帝把皇历赐给附属国，这就意味着承认其附庸关系。

---

1 塔克维姆，波斯语的音译，意思是“历书”、“日历”。

伪造皇历是法律所禁止的。

皇历有普通版和豪华版，皇历也被称为“顺天意之书”。司天台为编撰皇历而观天象。司天台里摆放着一座直径为三英尺的青铜浑天仪，黄道面直径为六英尺，安放在四条龙之上，黄道圆圈的内部被划分为三百六十度。

负责天文台的是忽必烈手下的天文学家郭守敬，他是一位叫耶律楚材的天文学家的弟子，耶律楚材曾经跟随成吉思汗远征，在撒马尔罕天文台任过职。

司天台建在一座小山之上；四周没有围墙，任何人都可以进来，尤其是蒙古人或者官员。在司天台的最上层有一个露台，用于天文观测。仪器安装在大理石基座上。有一个长长的望远镜单独放在一旁，用它可以观测天空中的任何一点。在这里可以对对行星和彗星进行严密监测。

不仅在汗八里有天文学家和星相学家的研究机构，在如今的南京也有。人们在那里进行观测活动。

除了大汗的官方学者，在汗八里的基督徒、撒拉逊人和汉族人当中还有五千多个天文学家和占星家，所有这些人的衣食都是由大汗供给。根据大汗的要求，他们给每个人都绘制出占星图，根据星象预测命运。几乎每个人都有属于自己的方形占星图。

绘制占星图的时候，占星家详细询问顾客的出生时间、有几个妻子、什么时候欢愉、什么时候悲伤。五千多个不同民族的占星家在城里占卜，以此获得大汗提供的衣食。

占星家们会到没有围墙的司天台查询各个星宿的信息。在马可·波罗到来之前的几年，大汗也正是通过占星家们得知汗八里的汉人想要发动反对蒙古人的叛乱。于是大汗便下令放弃旧城，因为这里不方便骑兵行动，并且建起了一座新城，新城环水而建[1]。

大汗建造了一座怎样的新城啊！

新城呈正方形，四个边每边长达二十四英里。四面有一道土城墙环绕，其高为二十步，宽为十步。墙面粉刷成白色，墙上建有垛口。

城墙上辟有十二个城门，每边城墙分别有三个城门。每个城门旁边都有部队守卫，城里的每一个角上都有一座兵营。

所有的街道都是笔直的，向街道的另一侧望去，一切尽收眼底。骑兵可以在门与门之间乘马疾驰。城市正中间有一座营房，那里有一些储存武器的房间，营房顶层悬挂着一座大钟。每当听到钟声响三次以后，任何人都不得在城内走动，只有医生例外——他也必须提灯而行。

担任汗八里城警卫的不单单是汉族人——这里的人们来自不同的国家。在俄罗斯大公格里戈里统领下，一万名俄罗斯士兵在这里驻防。从前蒙古人用汉族人的攻城器械摧毁了基辅的城墙，而如今俄罗斯军队却由守卫着汗八里城。在每个城门口都有数千名士兵轮流执勤，但是汉族人却受到猜疑。

老百姓不仅住城里，也有人住在城郊。那里的街道狭窄，房前

---

1 元大都（汗八里）新城位于旧城的东北，城址的选择以大宁离宫的一片湖泊为中心，依傍高梁河水系。元大都时期的高梁河水系包括积水潭、什刹海、北海、中海以及毗邻的上下游的河流。

都有围墙。每个城郊居住区都有很多上等的旅馆，来自各地的商人在那里歇脚。每个国家和民族的人都有特定的旅馆：一些旅馆是意大利人住的，另一些是德国人住的，还有一些是法国人住的。城里和郊区的娼妓共有二万五千人。她们每百人分为一组，每个百人组指派一个管理者。每一千个女人构成千人组，千人组指派更年长的管理者，而所有这二万五千人都要服从于总管。

每当有使者因公务前来觐见大汗时，那么就由大汗出资款待使者。总管则为特使以及使团的每个成员每夜送去一个妓女。每天晚上都会更换妓女，不用为此向她们支付任何报酬，因为这是她们应该向大汗缴纳的赋税。

但是他们夜里也无权外出——夜里每三四十人一组的警卫队各处巡查：查看是否有人宵禁之时还在城里走动。

如果一旦发现有人，无论男人还是女人，钟声响后仍在大汗的都城内走动，那么就抓住这个人，把他监禁起来。第二天早上审问他。在审问之后，根据罪责不同处以或重或轻的笞杖刑。

笞杖刑是用竹子制成的刑板抽打——竹节要削平。刑板分为大刑板和小刑板。元朝总共计有两千七百五十九种罪行，罪犯因此会受到五种类型的处罚。人们受到的处罚往往是用小刑板打十到五十下。刑板重的一头宽一点五英寸，轻的一头宽一英寸。也会用大刑板抽打——大刑板重的一头宽两英寸，轻的一头宽一点五英寸。此外，还有短期流放、终生流放、以斩首或绞杀的方式处以死刑。短期流放和终生流放往往与打板子并罚；流放一年的人打六十大板，流放两年——七十大板，三年——八十大板，四年——九十大板，五年—— 一百大板。

此外，还要给犯人的脸上打上烙印。这些人此后就会被称为花脸，他们居住在国家的边疆地区。

晚上钟声响后仍然外出只会被判挨小板子。妇女和女童受惩罚时不用褪去裤子，但是裤子里面不能有里衬。

“然而，”马可·波罗发现，“人被判处或轻或重的杖刑，有时候某些人也会有致命的危险。”

这里就是这样处罚犯罪的，不流一滴鲜血，因为睿智的占星家说，让太阳看到血液不吉利。

如果被处罚的罪犯是官员，就可以花钱免受处罚。但是也有些罪行不可赦免。不能赦免的罪行有弑父、配制毒药和施行法术、不孝敬父母、学徒杀害师傅、主人出行用船建造不坚固以及文件投放错误。

这些罪行在汗八里城都得不到赦免。

忽必烈大汗行猎，马可·波罗先生随行

十二月、一月和二月大汗住在设施完备的都城汗八里。三月他动身去南方，要一直走到距海仅两日路程的地方。

大汗的宫廷动身了。大汗饲养着许多善于狩猎的豹子、猎狼和老虎。老虎装在马车上的笼子里，而每只老虎旁边，就在同一个笼子里，都有一只小狗。

猎鹰也装在笼子里。

两名掌管狩猎事务的高级官员每人统领一万名猎犬饲养员。一万人身着红色衣服，而另外一万人则穿蓝色衣服。

猎犬饲养员养着各种各样的猎犬——有善于猎捕野兽的猎犬、跑动速度快的猎犬和体形巨大的米兰猛犬[1]。每当大汗行猎的时候，他的左侧是一名掌管狩猎事务的官员及其一万名猎犬饲养员和五千只猎犬，而右侧是另一位官员及其手下和他们饲养的猎犬。他们并排行进。

两名掌管狩猎事务的官员都是蒙古人。他们两人是兄弟。

1　一种大型猛犬，短毛短嘴，颚很有力，现已灭绝。

围猎的区域有整整一天的路程。

一万两千名男爵陪同着大汗。他们每个人都受赐十三件不同颜色的衣服，并且按规定在不同的节日穿不同颜色的衣服。新年那天，整个宫廷的人都穿白衣服，所有人都要向大汗献上礼物，赠送给他几千匹昂贵的白马。献上的所有东西也都是白色的。

在这一天，五千头大象身披白色披盖被带着四处巡游。这一天也是中国人的祭奠之日，因为白色在中国代表哀悼。

现在大汗要去海边。

他带上猎犬饲养员，还有五百只矛隼、许多灰头鹰以及捕捉水鸟的猎鹰。大汗的猎鹰腿上都绑着银色号牌。

猎鹰是不会飞离忽必烈的——大汗的领土方圆要飞上一百天。

大汗患有痛风。他乘坐在一个非常漂亮的大木辇里，木辇安放在四头大象背上，里面包着虎皮。

大汗坐在木辇里，驱车行走在自己的国土上。有位男爵骑马走到大汗跟前，他禀报说：

“陛下，有仙鹤在飞。”

忽必烈打了个手势，木辇的顶盖便敞开了——忽必烈此时放出猎鹰。于是他观看猎鹰捕捉猎物，这带给他极大的乐趣和愉悦。而其他王爷和勇士则在大汗周围纵马奔驰。

大汗备受敬重，但是在南方还有另外一个皇帝，是汉族人的皇帝[1]。他住在湖泊环绕的城市里。他打猎的时候，让一群女人去猎

1　指的是当时南宋的皇帝。

捕野物。

忽必烈还没有统一中国。

在他休息地的一个帐篷里，部署着一千骑兵，而他则睡在另外一个帐篷里。帐篷的内壁上包着紫貂，外面则包着虎皮。

忽必烈有三个帐篷，他的妻妾们都有单独的帐篷。

各种鸟兽也都住在丝绸帐篷里。

医生和占星家住的帐篷要简朴一些。

忽必烈在海边宿营——他一直行猎到春天。在二十天行程的区域内谁都无权打猎。这里野兔大量繁殖，它们常常吃掉庄稼。这里的兔子不怕人，鹿也会迎着猎人走过来。大汗用弓箭、猎禽、豹子狩猎，狩猎时不会惊吓到动物。

马可·波罗在这里结交了忽必烈的医生，他叫爱薛。他极受敬重。爱薛不喜爱狩猎，他甚至对忽必烈说，狩猎会损害农田，此事中国的编年史中有所记述。爱薛通晓炼金术。他能用阿拉伯语、希腊语和波斯语阅读。

爱薛能提取酒的主要成分，我们称之为酒精。他了解大阿尔伯特[1]和阿拉伯人阿布·穆萨·贾法尔·艾利一苏菲[2]的著作。爱薛亲自尝试过从铅中提取黄金，却是枉费精力。马可·波罗与他争论过。

1　大阿尔伯特（约 1200—1280），中世纪欧洲重要的哲学家和神学家，因知识丰富而著名，有人认为他是中世纪时期德国最伟大的哲学家和神学家。他也是首位将亚里士多德的学说与基督教哲学综合到一起的中世纪学者。罗马天主教将他列入三十五位教会圣师之一。

2　阿布·穆萨·贾法尔·艾利一苏菲（780—840），阿拉伯几何学家，天文学家，炼金术士。

“贸易，”马可·波罗说，“只有它能把任何商品都变成黄金。而最好的炼金术是大汗的炼金术。”

其缘由如下：

在汗八里有一个大汗的造币厂，可汗下令将桑树皮剥下来，用其内皮制成长方形小纸片，忽必烈在上面盖上自己的印章。这些纸币的生产是非常郑重的，就好像它们是纯银或纯金制成的，没有人敢于冒生命危险拒收这种纸币。

马可·波罗说：

“谈到大汗，完全可以说：他深谙炼金术。

“大汗各地的所有臣民，我跟你们说，都心甘情愿地收取用于付账的这些纸币，因为无论他们走到哪里，都可以用纸币付款购买所有的东西——货物、珍珠、宝石、黄金和白银。用纸币可以买到一切，也可以偿付一切费用；一张纸币价值十贝赞特[1]，却不及一个贝赞特重。

“商人们在一年当中多次带来珍珠、宝石、黄金、白银和其他东西以及金线织的布料和丝绸布料，所有这些东西都是商人们带来献给大汗的。大汗召来为此事选出的十二位懂行的智谋之士，命令他们甄别商人们带来的货物并确定购买价格。智士们鉴别所有的货物并以纸币付款；而商人们愿意收取纸币，此后他们会用纸币在大汗的领土上支付购买所有物品的费用……

“说实话，一年当中商人们会多次带来成千上万件价值四百贝赞

1　贝赞特，金币的名称，最初在拜占庭铸造而成。

特的物品，而大汗则全部用纸币付款。

“我再告诉你们，一年当中都城里会多次下令，让所有拥有宝石、珍珠、黄金、白银的人把这些全都带到大汗的造币厂；人们也是这样做的：把所有这些大量的东西都带去，全部都用纸币付款。大汗因此便拥有自己全部领土上的所有黄金、白银、珍珠和宝石。

“当纸币因长期使用而撕破或者受损时，可以将其送到造币厂兑换为新的从未用过的纸币——不过，要支付百分之三的费用。

“如果有人想购买黄金或白银制作某种器皿、皮带或者其他物品，那么就要去大汗的造币厂，还要带着纸币，用以支付从造币厂总管那里购买黄金和白银的款项。”

这种炼丹术深受马可·波罗喜爱。

马可·波罗明白这种交易的实质。他说，为购买商品无须付出高昂的代价，因为货币是纸制的。

蒙古人最初发行纸币时较为谨慎，但是后来发行的纸币共计达到了十二万四千八百二十七亿卢布。这种状况发生在忽必烈大汗的几个继任者时期，因此使人民贫困到了极点，导致1359年爆发了起义。十年后，蒙古人被驱逐出境。

但是马可·波罗在那里时，当地贸易繁荣兴盛。手工业拥有广阔的市场。阿拉伯人、意大利人、乌兹别克人和印度人进出口各种货物。但是各地的货币汇率并不相同，不是所有的地方都收取大汗的纸币。还有些地区使用的不是纸币，而是盐钞和贝壳充当的钞票。

马可·波罗是大汗貂皮帐篷里的常客，他给大汗讲巴勒斯坦、帕米尔，讲沙漠——在那里马匹会陷入沙子里，还讲山中的隐士。

马可·波罗在那里时，人们从马达加斯加给大汗带来了上好的礼物——象牙和从鲸鱼内脏中提取的龙涎香，而最贵重的东西是一种鸟的羽毛，这种鸟在阿拉伯传说故事中称为命运之鸟，其羽毛的长度有九十寸。

马可·波罗与医生是大汗身边关系亲密的人。

医生是占星家之首，他给马可·波罗想出了应承担的职责：走访全国各地，视察一切事务，最重要的是——考察哪里收取纸币，哪里不收取纸币，可以从哪里运来哪些商品。马可·波罗要探查这一切，查明之后要来禀告大汗。

马可·波罗特别习惯观察各种各样奇怪的现象，特别习惯于长途旅行，所以他满怀喜悦地离开大汗的宫廷，踏上了新的旅途。

马可·波罗了解丰富多彩的世界

马可·波罗临行前出席了一次朝宴。

大汗坐在御案旁边，高高在上，他坐在北面，面朝南。他左边坐的是皇后，右边较低的桌子旁坐着他的儿子、侄子和一些亲戚。

他们的头部恰好与大汗的脚在同一水平线上。

朝宴上的餐桌数不胜数。正中间摆放着一只纯金制作的圆形容器，容器里装着一个酒桶。酒从这个大容器里分别倒入各个可供八人饮用的金器里，然后用金色的长柄勺从这些金器里取酒。侍者向大汗呈上食物和饮品。侍者的嘴和鼻子都用丝绸织物遮住，以防止他们呼出的气息触及大汗的食物。

大汗喝酒的时候，所有人都要跪下并深深鞠躬。而大汗喝得特别多。

入口处站着几个身材高大的侍卫，他们手持大棒，监督人们不要踩到门槛。如果有人踩到了，他们就立即用大棒打他，但棒打时并不脱掉他的衣服，或者让他花钱赎免责罚。

马可·波罗在宴会上得到了一块银牌，那上面写着："遵从至高无上的神的旨意，他仁慈庇佑吾皇，敬祝可汗万岁，凡违令者杀无赦。”

马可·波罗拿到了银牌，但是对使者而言权限更大的是金牌。既有带狮子头的金牌，也有带矛隼的金牌。

马可·波罗出发了。

道路四通八达。每隔二十五英里便设有车站——汉语叫作驿铺，鞑靼语叫作驿站；这个词在我国的“驿站马车夫”[1] 这一称谓中得以保留。

驿站都非常豪华，道路平坦。各个驿站都有可供更换的马匹，我们称之为驿马。驿站里的床铺上都铺着丝绸被褥。两个驿站之间每隔三英里就会有小村庄，里面住着大汗的步行信使。他们在路上奔行，穿着轻便，腰带上系着几个铃铛。他们每个人只走三英里，三英里后就会换班。待命的信使听到铃铛的响声后，边走边接过信件继续奔行，而前一个信使则开始休息。

在一昼夜内大汗就可以收到十天路程之远的消息。

大汗就是这样收到了急件和刚刚成熟的水果。

马可·波罗打扮成商人模样，不急不缓地驱车而行。道路两旁栽种着树木，浓荫蔽日，在途中休息地可以喝到黄酒。这种酒最好热着喝。

冬天驿站里很暖和，炉子中烧的是石炭煤。

马可·波罗察看人们都在经销什么，以什么价格可以购进辣椒

---

1 在俄语中，“驿站马车夫”为 ямщик，其第一个音节与鞑靼语中的驿站以及汉语中的驿铺相同。

和大黄。他翻越座座山脉，那里长着生姜；他穿过重重森林，在森林里遇见许多动物，它们都没见过大汗狩猎。马可·波罗渡过条条大河，来到一个破败之地。

野兽在废弃的房子里为自己筑巢，它们都不怕人，因为它们习惯于吃人肉。夜里熊和狼会朝着有火的地方走来。旅行者身边都带着竹子，他们把绿色竹竿放进火里。竹子燃烧起来，弯曲变形，噼啪声传出方圆十英里。要用铁链绊住马腿，蒙上马的眼睛，以防它们受惊跑开被野兽抓住。

马可走了二十天的路程。狐狸在路上晒着太阳。废弃的房屋旁边长着青草。终于走到了有人的地方。这是一个奇怪的民族——爱嘲笑人，以抢劫为生。

这里的狗特别漂亮。

这里没有人收取大汗的纸币，而是以盐作为货币。衣服用动物毛皮或亚麻制作。可以把盐运到这里来。可汗有很多盐。人们把海水蒸发或者从深井中抽取盐水来制盐。还可以把便宜的布料运到这里来，而从这里可以运出像驴一样高大的狗和绿松石。

这里的风俗甚是奇怪。

少女如果没有与很多男人姘居过就一文不值。当外国人来到这里搭起帐篷以后，立刻有一些村子的老年妇女把女儿们带来，往往会带来二十个或者四十个年轻女性。客人可以与这些女人姘居，然而不能把她们带走；需要送给她们一些物品以证明和她们姘居过，好女人应该戴着不少于二十件这样的礼物。

在客人离开之前回到丈夫那里被认为是不礼貌的。马可·波罗当时还年轻。他把帽子挂在他下榻的房子旁边，以表示自己在此住宿。于是可怜的丈夫很长时间一直住在野外。

马可·波罗继续赶路。他来到了匝儿丹丹国[1]，这里的人们都满口金牙，在妻子分娩时丈夫躺到床上，他喊叫的声音比女人更大，在妻子分娩后他自己接受祝贺，而且躺在那里，似乎十分疲累，以此证明孩子是他自己的。这个国家已经没有文字，他们的货币是金子，零钱是贝壳。

这里用小木棍计数。

大汗不久前与这个国家打过仗。

马可·波罗从此地带着商品和故事回到大汗那里。他受到热情款待。

马可·波罗游历了六个月，他凡事都记得，全都讲给大汗听。大汗既吃惊又觉得好笑。他称马可·波罗为智者，开始派遣他前往不同的国家。

马可·波罗在整个中国大地上游览，他无所不见，把这些全都告诉了大汗。

年长的两位波罗兄弟则一直经商，但是他们也获得了无上的荣誉。

1　匝儿丹丹，汉语“金齿”一词的波斯音译，该地在如今的云南南部。

波罗兄弟和年轻的马可·波罗先生尽力为大汗效劳

中国南部尚未被征服，那里仍归宋朝统治。外来的船只需要向汉族人缴纳税费，而不是向蒙古人缴纳。手工业者和商人并非全都归大汗管理，纸币在中国南部海岸还没有流通。

这片土地被称为蛮子国。当地人不善于作战。这片土地上水道沟渠纵横交错，每个城市间都有小桥连接。蒙古人多次进入这片土地，却没能征服它。

鞑靼亲王伯颜丞相逼近了一些城市，这些城市便紧闭城门。伯颜包围了五个城市，却不能将其夺下。他占领了第六个城市后便兵临南宋都城——杭州府。

当地的皇帝乘船逃到了岛上。他死于 1278 年。他年幼的弟弟继承皇位。

忽必烈的船只逼近岛屿。

1279 年，中国南方政权的最后一个大臣把小皇帝背在肩上跳进了大海。

大汗得到了整个中国大地，包括那些运河、船只。但是襄阳府仍然在坚守。

这是一个富饶的大城市，归其管辖的还有十二个大市镇。这里出产最好的丝绸和锦缎。当整个中国南方政权被征服以后，这个城市又坚守了三年。只有从北面才能靠近这座城市，其他几面都有大湖防护。城市顽强地抵抗着，因为可以从湖上为其供给食物。

波罗兄弟和马可先生看了看城墙——墙是用黏土砌成的。

马可认识军营里所有的人，他知道那里有一些工匠，他们会建造攻城器械。

中国人的火弩无法攻破城墙，需要造出更简单、更有效的武器。意大利各个城市的人们都会制造攻城器械，这门技艺是罗马人留下的。威尼斯人在围攻城堡方面有大量的实战经验，甚至全部都是在用器械攻占城市。

接下来马可·波罗自己讲道：

"大汗下令无论如何都要攻下城市。此时两兄弟和儿子马可先生说道：'皇帝陛下，我们有些工匠，他们能做出一种投石机，可以投掷巨大石块；一旦投石机开始投掷石块，这个城市就经受不住，它就会投降。'

"大汗同意了，他责令尽快制造出这样的投石机。在兄弟二人手下当差的有一个德国人和一个信奉聂斯托利派的叙利亚人，他们都是杰出的工匠。兄弟俩命令他们制造两三台投石机，用它们投掷三百磅的石块。工匠们造出了两台非常好的投石机；大汗下令把它们运到军队里，此时军队包围了城市，却不能把它攻下。投石机运到了那里，把它们安装好——鞑靼人把它们看作是世界上伟大的神奇之物。

“要怎么和你们说呢？投石机安装好以后便朝城里投掷石头，石头砸到房子上——所有的一切轰然崩塌，传出可怕的声响。

“居民们看到了这一史无前例的灾难，他们感到震惊、恐惧，不知道该说什么，该做什么。他们聚在一起商量对策，可是该如何躲避这种机器，却没有想出办法。此时他们便开始议论，如果不投降的话，这样下去所有人都会死，于是他们商量以后决定投降。

“他们派人对大汗的军队主帅说，他们要投降并归顺大汗。主帅接见了来人并表示同意他们的请求，于是城市便投降了。

“承蒙尼科洛、马费奥和马可的援助，此事获得成功，这不是一件小事。这里也成为大汗最好的城市和地区，给他带来巨额收入。”

城市虽然已经被占领，然而并不是所有人都真心归顺蒙古人，很多人仍心怀仇恨。

在忽必烈统治之下，人们的生活十分单调乏味。大汗甚至禁止所有的游戏项目，也禁止耍魔术和歌唱，而这里比世界上其他任何地方都看重这些。

大汗说：

“我用手中的武器征服了你们，那些曾经属于你们的一切现在都是我的，所以如果你们玩乐，那就是在浪费我的财产。”

老百姓被勒令保持安静。当大汗乘车经过时，责令周围两英里以内都不能说话。

汉族人痛苦地屈从着。

晋陵郡[1]是一个大城市，那里有许多工人织造丝绸和锦缎，周围的土地肥沃。大汗的部队占领了蛮子国的领土，于是便向这个城市派来阿兰人[2]的部队。

阿兰人是奥塞梯人的祖先，生活在中国并在大汗的部队里服役。他们是闻名遐迩的战士和骑手，当时信奉基督教。

奥塞梯人是如何来到中国的？那时候世界融合的方式与现在不同。蒙古帝国统治着杰尔宾特前哨，而离那里不远就有阿兰人。在行军过程中，蒙古人把其他一些民族的队伍编入自己的部队，而这些队伍后来就到了大汗那里。在大汗的宫廷里有各个部族的人。传教士威廉·鲁不鲁乞[3]在这里还见到过俄罗斯的助祭。

阿兰人占领了晋陵郡。

马可·波罗接下来写道：

"阿兰人攻下城市，将其占领；他们在这里发现很多美酒；他们喝得酩酊大醉，睡得不省人事。老百姓看到这些胜利者僵死般躺在那里，便毫不迟疑，一夜之间把所有这些人全部杀光，没有一个人活下来。

"伯颜听说老百姓打死许多他的手下，于是派来自己的军队，以武力攻下城市。攻下城市以后，不瞒你们说，便屠杀居民。

"就是这样，你们已经听说了，其他地方的老百姓便迁移到了这

1　晋陵，即现在的常州市。

2　阿兰人，古代占据黑海东北部草原的游牧民族，在1世纪罗马的文献中首见记载。

3　鲁不鲁乞，又译卢布鲁克（约1220—1293），法国方济各会教士，1252年曾受法国国王路易九世派遣，出使蒙古帝国，抵达首都哈拉和林，并见到蒙古大汗蒙哥。著有《鲁不鲁乞东游记》。

个城市。”

整个中国大地在忽必烈这个伟大的君主手中得以统一。通到汗八里的运河已经修建完成，而忽必烈的军队里涅斯托利派和撒拉逊人增多。伯颜攻下如此之多的城市，他因此受到怀疑，忽必烈想要处死他。忽必烈的医生爱薛救了伯颜的性命。

砍伯颜的头还为时尚早，因为可汗身边的另外一个敌人——重臣撒拉逊人阿合马[1]的势力与日俱增。于是汉族人开始密谋，忽必烈的叔父纳颜也召集了一支由基督徒组成的军队。

占星家把这些消息传到司天台——这就是为什么伯颜的脑袋保住了——汉族人用汉字写他的名字时猜测为百眼，在汉语里的意思是有一百只眼睛的。

据传说，只有长着一百只眼睛的人才能征服蛮子国的城市。

把此事告知皇帝的是占星家，他们受了爱薛的贿赂和怂恿。

伯颜善于在湖泊之中调配骑兵，无论这个蒙古人的名字，还是这位将领的经验都已经得到了充分的利用。因此原本是可以处死伯颜的。

伯颜差一点因自己的荣誉就掉了脑袋。占星家的总管爱薛再次救了他。

阴谋笼罩着忽必烈的宫廷，而马可·波罗这位侦探已经游遍了中国，他似乎另有想法。

---

1 阿合马（？—1282），回族，元朝开国皇帝元世祖时期的理财能手。在元朝前期，阿合马是一个相当重要的人物。

马可·波罗讲述雄伟的城市

这座城市名为杭州府，深受阿拉伯人、波斯人、中国人赞颂。当地的皇后在写给获胜的伯颜的信中描述了这座城市。失败的皇后与获胜的蒙古人一起向大汗汇报了这座城市的情况。“集贤院”的二十二位记述者用四种文字描述了城市的荣耀，也用汉字予以描述。

这座城市的占星家在领到新服装以后，也呈递上他们的报告。

马可·波罗亲自参观了这座美丽的城市，亲眼见证了这个神奇之地。

原来，这座城市方圆约一百英里，城内有一万两千座石桥。石桥高大，船舶可以从某些桥拱下通过。船舶往来运输货物：城内十二种手工业兴旺发达，而且每一种手工业，据马可·波罗证实，都需要一万两千个房屋作工场之用；每个工场里做工的不少于十人，但是也有的工场里有四十多人。当然，并不是这四十多人都是师傅——大部分人是学徒。

“在城里有很多富商，他们的生意都红红火火，却没有人知晓这其中真正的道理，因为这里商人极多。我还可以跟你们讲的是：显贵、他们的妻子以及那些手工业者，这些人前面都提到过，他们什么都不用亲自动手去做，却过着富裕的生活，那么干净整洁，就像皇帝一样；他们的妻子也享受着这样的富裕生活，她们是那么美丽。

“按照皇帝的旨意，这里的每个人都要继承父业，即便坐拥十万贝赞特，也不能从事其他行业。

“城南有一处湖泊，方圆足有三十英里，湖岸上建有许多富丽堂皇的宫殿和漂亮的房子；它们建造得好极了；没有比它们更豪华、更漂亮的了，那也是达官显贵们的房子。

“这里建有很多天主教修道院和多神教的寺院，神像为数众多。而在湖泊的正中央，我还要告诉你们，有两个岛，而且每个岛上都有一座极其奢华的宫殿，它们建造得非常好，装饰得如同皇宫一样。每当达官显贵们举办婚礼或者宴会的时候，就前往那些宫殿并在那里设宴庆祝；这里备有宴会所需的一切东西——器皿、菜刀和餐具。

“在这个城市里到处都有很多漂亮的房子。那里有一座高大的石塔；每当城里发生火灾的时候，居民就把他们的财产全都转移到那里；而城里火灾频发，因为木结构的房屋特别多。”

大汗在这里只保留了原有的城市治安法规，加强了警卫。各个桥上日夜都有警卫当班，两班倒，每班五个人。

每个岗哨都配有一个漏壶和一个木梆。一更的时候敲打一下，二更的时候敲打两下。

大汗担心城市会发起暴动，便下令增派军队严密守卫城市。警卫队巡视街区，查看在规定的时间之后是否有地方依然亮着灯。但是，如果有人家亮着灯，警卫队并不在夜间闯入，而是在这户人家的大门上做记号，第二天清晨主人要么缴纳罚款，要么被罚以打小板子。

城里禁止行乞，乞丐都要押送到工场里做工。

这里不允许人们在城里无所事事地闲逛。城市上空耸立着一座山峰，警卫队在山上监视着：城里是否发生火灾或者民众骚动。

城里所有的街道都铺着石头和砖，砖砌的马路一直延伸到野外。

对于骑兵而言，石板路极不方便。因此下令街道的一侧不能铺砌石板——以便信使和部队通行。

主要街道上铺砌的不是石头，路面上铺的是碎石子，建有排水沟以便排出雨水。

如果这个城市里谁家有子女降生，父亲和母亲就会记下出生的日期、时辰和地点，并请占星家占卜。

如果有人打算出行，那么也会征询占星家的意见。

如果有人来到城里并在旅馆过夜，那么就会有人查看他的证件，还记下他的姓名以及来自何方。

“这是聪明人的生意。”马可·波罗说。

城里有四千个公共浴池，这些浴池都非常宽敞。运河穿过城市一直通到码头。这个地区一共有一千二百座市镇，每个市镇都有一千人的警卫队。有个城市里的警卫队多达一万三千人。并非所有人都是鞑靼人，还有阿兰人、库曼人、撒拉逊人、花剌子模人，他们相互之间都不信任对方，一直都在相互监视，同时他们也在守卫着城市。

每家的大门上必须写上主人及其妻子、儿子、儿媳、工人等全部家庭成员的名字，就连马匹的数目也要写明。

如果有人死去，就将他的名字勾去；如果添丁进口，就把他的名字写在门板上。

这个城市还以女人著称，她们个个花枝招展，尽心尽力地招待客人，令人永远难以忘怀。

她们穿着华丽，洒着浓烈的香水，因为香水会深深地留在记忆中，而记忆会让人回想起香水，回想起很多往事。

这就是这座城市的生活，它给大汗带来巨额税收：白糖要缴税，这里糖的产量比世界任何地方都多；香料上缴百分之三的税；丝绸和粮食、煤炭以及在该城蓬勃发展的其他十二种手工业上缴百分之十的税。

大汗从这个城市征缴的税收数量之多是前所未有的。

马可·波罗与一位汉族老人交谈

这里的人对外国人没有好感，但是也习惯了他们住在天堂之城。

人们对此习以为常，就像习惯了生活中的苦难一样。此时撒拉逊人阿合马被认为是汉族人最可怕的敌人，他是内阁成员[1]。

意大利人马可·波罗对中国南方赞叹有加，当地人对他的态度比较友好。

忽必烈本人在不同民族和不同军队及其首领之间摇摆不定。

大汗的宫廷支持汉族人一方，因为后宫之中有一些宋朝公主。

马可·波罗在宫廷之中是很可能支持汉族人的。他因此备受汉族的编年史编纂者们的称赞，也因此得到一位汉族老商人的盛情款待，后者还陪着他参观了前王朝的宫殿遗址。

他们穿过大门进入宫殿。在大门两侧，宽敞的亭阁拔地而起，甚至都没有基座。阁顶由一些圆柱撑起，圆柱上饰有青金石。大门正对面有一个大亭子，全部漆成金色；天花板和墙壁上满是壁画，

1 这里实际上应该是指中书省。元代以中书省总领百官，与枢密院、御史台分掌政、军、监察三权。阿合马曾经担任过中书左丞相。

描绘的是前朝皇帝生活中的一些事件、与遥远的西藏以及草原蛮族之间的战争。

皇帝曾经在最大的亭阁中宴请过主要的达官显贵、将领、商人和城中富裕的手工业者。这里可以同时容下一万人。

晚宴和豪华招待会历时十二天。

每个人来参加宴会时都尽量穿着华丽，即便开遍鲜花的田野也无法与这个大厅相媲美。

要知道花儿不会思考，不会吹牛，所以也就没有那么花哨和古怪。

亭阁后面是一道墙壁，现在已经倒塌；墙上有个通道，通道后面是一座高大的建筑，看上去就像一个修道院。这是皇帝的宫殿。

宫殿后面是一道走廊，宽六步，特别长，人在走廊的尽头看起来就像是棋子。走廊两侧各有十座宫殿，建得像寺庙，带有门廊。每个院子里有五十个房间，都带有花园，这里住着数千名女子，她们哄皇帝欢心。

皇帝与一些女子泛舟湖上，船上有丝绸遮阳棚。

花园划分成几个小树林，除了皇帝，任何男人都不会到这里来。皇帝来的时候总是带着一些女子。

在这里，她们脱下衣服在湖里游泳，亲手给皇帝捕捉动物。这些动物都是经过驯化的。皇帝就在这里用膳。

他甚至不知道各类武器的名称。

而现在这些女子的房间已经变成一片废墟，被树林和花园环绕的墙壁已经夷为平地，不再有任何动物、任何树木。

“现在，”商人抱怨说，“沙子填满了我们的海港，海盗猖獗，税收增加。话说回来，你们自己什么都知道，你们什么都知道。”

商人与马可·波罗就这样交谈着，试探着他的心思。

马可·波罗写到蒙古人的时候，就像阿拉伯作家有时写法兰克人[1]一样，讲述的是野蛮人合乎情理的生活。

在这个商业城市里，马可·波罗觉得自己几乎就是一个汉族人了。

对于汉族人来说，马可·波罗是一个野蛮人，一个外国人，他脚步沉重，身上气味难闻。

但是，蒙古人的胜利让汉族人习惯了异乡人。

科学几乎被从首都驱逐出去，它在商人家里找到了避难之地。商人们已经成了哲学家，他们读的不再仅仅是为他们而写的那些小说了。

与马可·波罗交谈的商人是一个哲学家。

马可·波罗离开京师城的时候带走了一些贵重的礼物。

他离开时问商人，应该送给这位商人什么礼物。

商人回答说：

“只有禁欲才能让人没有忧愁。世界上最有自制力的人，就连我这么愚笨的人都知道，那就是道士。他们是极其完美的人，他们坐如钟，站如松，疾如雷，行如风。他们确实令人惊叹。其中最伟大的人物是长春真人，他是一个特别完美的人。他出生在山区，就连

1　法兰克人，3 世纪居住在莱茵河中下游的古日耳曼部族群。

成吉思汗本人也召见过他，听他睿智的谈话，但是他对这个令世人恐惧的人物谈论的是至高无上的美德——即尊重长辈。

“我们城里的女子都十分漂亮，不要忘记她们。请带上一些香水吧，先生。香水中保留着人的记忆。然而最大的幸福是无所求。道士们懂得这种幸福。

“他们终生只吃水发过的麸子。

“头发和胡须都要剃光，只穿黑色和白色衣服。

“道士们就过着这样的生活。大汗现在赐给他们大片土地，对他们甚是敬重。昨天有位道士光临敝舍，使我有幸与之交谈。

“他说：

“‘昨日之思了无痕迹，今日之事也莫过如此。最好将之全部放弃，在永恒的虚空中度日。

“‘城市在败落，但是绿树却愈发浓密，微风极少能穿透用绿叶武装起来的树枝。’

“我跟您说，我们的人民是强大的，不是像石头那样，而是如同大地一般；我们的国家是强大的，就像柳树一样，只不过各个朝代的名称有所变化而已。

马可·波罗不想再继续这个危险的谈话。

“朋友，”他说，“要给你们带些什么礼物呢？也许，大汗花园的鲜花能让你们赏心悦目？”

商人回答道：“大汗花园里的竹子非常高大，而您的仆人和兄弟已经老眼昏花。大汗的竹子长得很快。使者们扬起的灰尘刺激着我的眼睛。这竹子非常漂亮——大概遭受战争破坏以后再不能弄到大量的竹子了。现在我老了，我的归期就快到了——给我几十根竹子吧，它们能遮蔽视线。我们往往在失去某种东西就会感到痛惜，大国的灭亡就更加令人痛惜。”

企图煽动汗八里城发动叛乱

契丹人的城市有效地防范着契丹人。马可·波罗把现在的中国北方称为契丹省，把中国南部称为蛮子国，他写道：

“在契丹和蛮子国的各省以及其他领地内，有许多叛徒和对大汗不忠的人，他们时刻打算发动叛乱，因此在每一个有许多大城市和人口众多的省份，有必要派驻军队；军队驻扎在城外距离城市四五英里的地方；城市不允许建造城墙和城门，以防阻碍军队进入。无论军队还是军官，大汗都是每两年便进行更换。这样一来，服服帖帖的百姓就会一直很温顺，不会发动叛乱。

“军队不仅仅要靠大汗从各省的皇家收入中划拨给他们的薪饷供养，而且也要靠自己畜养众多的牲畜、在城里出售肉类生活，他们用这些资金购买所需物资。军队驻扎在各地，在要走三十天、四十天和六十天的地方。忽必烈哪怕是召集一半军队，其数目也大得令人难以相信。”

国家由十二位官员管理。其中有一个撒拉逊人，叫阿合马。

忽必烈不信任蒙古的各个亲王和可汗，这就是为什么他供养着这样一个庞大宫廷的原因。他试图将所有可能的敌人都置于眼前，带着他们出行，赐给他们衣服，让他们饮用美酒，防范着他们。

阿合马管理着整个国家行政机关，惩治罪犯。可汗根据这个撒拉逊人的报告决断一切事务。如果撒拉逊人想要加害某个人，他就对可汗说：

“这样的人应受惩罚，他如此冒犯圣上。”

大汗总是回答说：

“按你的意思去办吧。”

人们看到大汗对阿合马信任有加，便对他十分惧怕。阿合马收受贿赂无度，他也喜欢漂亮女人。未婚的女子他都娶为妻子，而把已婚女子从丈夫那里抢走。有一些专门给他拉皮条的人，他们去打听哪里有美貌的女子。阿合马随后派他们去找女孩的父亲，对他说：

“你有一个女儿，让她嫁给宰相吧，而我们会安排好。他会给你一定的官职，或者保你为官三载。”

父亲便把女儿嫁给阿合马。阿合马到大汗跟前说：

“这样的男人值得奖励，刚好有个职位目前空缺。”

而大汗总是回答他说：

“按你的意思去办吧。”

所有的美女，要么成为他的妻子，要么服从他的意愿。

阿合马有二十个儿子，他们对待女人的手段与父亲一样。

阿合马敛聚了巨额钱财，而他执掌政权长达二十二年。

身为医生的占星家和马可·波罗早就通过占星家们监视着阿合马。

另一个监视着阿合马的人是王著，最近九年他一直与这位撒拉逊人一起共事。

有位姓张的军官是王著的朋友，他们都是契丹人，一直想要发动起义。

袭击忽必烈是危险的。忽必烈的后盾是蒙古人。可以先轻而易举地突袭阿合马——阿合马的后盾只有撒拉逊人。接下来可以击败聂斯托利派和阿兰人，然后再将城门关闭与蒙古人作战。

张某被马可·波罗称为程虎，他是千夫长，部下有一千人。阿合马强奸了他的母亲，后来还强奸了他的妻子和女儿。张某耐心等待着，因为他需要有归他指挥的士兵。

王著的地位也在逐渐提高，他当上了万夫长，手下的士兵已经达到一万人。

春天来了，忽必烈又带着所有的男爵、鹰监、猎狗、猎鹰前往上都。

阿合马留在皇宫中监国。

大汗设下为期三天的盛宴，宴会后启程。

王著和张某认为，他们等待的这一天已经到了。一位姓高的和尚根据预兆也是这样对他们说的。所有的契丹人都被告知，夺下皇宫后将点火为号，凡是看到这一信号的人都要点燃烽火，于是整个契丹省境内就会传遍信号，契丹和蛮子国的所有城市都会知道消息，人们便同时走上街头杀死留着胡子的人。

契丹人天生不长胡子。鞑靼人、撒拉逊人、基督徒则留着胡须。

马可·波罗此时写道：

“应该知道，所有的契丹人都不喜欢大汗的统治，因为他让鞑靼人，尤其是撒拉逊人管理他们，对此契丹人无法忍受，因为那些人对待他们就像对待奴隶一样。

“大汗治理契丹靠的不是法制，而是武力，因此他不信任契丹人，而是把国家交给鞑靼人、撒拉逊人和基督教徒、他的同族人、对他忠诚的人管理，并不是交给当地人。”

阿合马与忽必烈的儿子太子真金的关系向来不好。太子对契丹人做出了很大的让步。

王著和程虎在约定的那天夜里潜入皇宫。所有宫门的守卫都是契丹士兵。王著说：

“点上灯！”

于是王著派信使去找住在旧城的阿合马，假冒是忽必烈的儿子派来的，说真金回来了，要召见阿合马。

时值深夜。风穿过栅栏，从汗八里的一个大门吹进另一个大门。已经过了三更，街道上有士兵在巡逻。

阿合马在城门口遇见了名叫科甲台的鞑靼人，他是守城士兵的统帅。阿合马被放行，但是守城士兵在统帅面前特别细心，询问丞相到哪里去。

“去见真金，他刚刚回宫。”阿合马回答说。

科甲台放行了阿合马，可是他立刻想到：真金从这里通过的事儿他怎么会不知道？于是他带上几个士兵，远远地尾随着阿合马。

阿合马穿过空空荡荡的城市，来到宫墙跟前。宫内的人给他放下了吊桥。阿合马通过第一、第二和第三道墙的大门。墙与墙之间一片漆黑，凉风习习。昏昏欲睡的马匹站在路上。宫殿里灯火通明。

阿合马登上宫殿的台阶，走进金銮殿时尽量不踩到门槛。忽必烈的宝座上坐着一个人。阿合马立即俯首在地。

程虎用剑砍向阿合马的脖子。

无论阿合马还是他的脑袋都不知道，坐在宝座上的是契丹人王著。

科甲台跟在阿合马的后面，看到了门内发生的一切。

“叛逆!”他大喊。

科甲台是一个反应敏捷的人，于是朝着王著射了一箭，把他当场杀死。与科甲台随行的那些士兵开始砍杀程虎，将他擒获。从各个宫殿的角落以及中宫里跑出来许多全副武装的鞑靼人，他们在路上遇到谁就杀谁，不问青红皂白。

科甲台控制了所有的瞭望台，派出步行的和骑马的信使去给大汗报信，到处都有警卫队，于是契丹人便不敢出门，他们的大门上都写着所有住在房子里的人的名字。谁也不敢点火为号。于是烽火便被熄灭了，没有燃烧起来。

信使跑到大汗那里禀报。大汗当时还没有回来，因为他不喜欢酷热，也了解这种冲突的规律。他让科甲台对此次叛逆进行严惩，以便他回来以后再施以皇恩。

根据一些中国编年史的说法，调查此案的人是马可·波罗。马可·波罗在忽必烈手下供职的时间并不长，也可能这里指的不是马可·波罗，但是在记录马可·波罗所叙故事的书中写道：

“当这一事变发生时，马可·波罗恰好就在那里。”

阿合马被指控强奸妇女和盗窃属于大汗本人的物品。据说他偷了一个商人从巴达赫尚带来的红宝石。

波罗单独审问了阿合马的儿子，也单独审问他的妻子，由此收集到一些证据。秋天来了，大汗返回都城。

所有的城市里都已经进行了严惩。大汗听取了侦探马可·波罗的报告。

忽必烈审阅了文件，发现可恶的阿合马和他的儿子们犯下滔天罪行，做了很多道德败坏的丑事。他的七个儿子罪行深重，而另外十三个可以得到赦免。他们暴虐无度，引起契丹人对留有胡子的人怀有极大的仇恨。

大汗不得不对契丹人做出让步。他首先把阿合马的尸体让给他们。阿合马的尸体被从坟墓里挖出来扔到大街上——任由群犬撕咬。

阿合马的七个儿子被责令活着剥皮。

阿合马的财产被没收，上缴大汗的国库。

压迫人民的种种罪行都归咎于阿合马。

大汗还是留下了一些撒拉逊人。撒拉逊人的情况比较复杂。皇帝无法摆脱所有留胡子的人，他要利用留胡子的人来治理国家。但是撒拉逊人是敌人，因为他们有自己的哈里发，1280 年忽必烈的部队曾与他们交战过。波罗一家曾经被派到撒拉逊人的大本营，那时他们获取了圣墓上的灯油以及一些军事情报。

应该把撒拉逊人驱逐出境。大汗禁止按照撒拉逊人的习俗屠宰牲口，还禁止按照撒拉逊人的习俗登记结婚，这些做法都是为了让撒拉逊人离开中国。

在当时的中国，伊斯兰教被称为“禁止的信仰”，因为穆斯林禁止饮酒和吃猪肉。

马可·波罗称所有的穆斯林为撒拉逊人，事实上他们当中的撒拉逊人——阿拉伯人——并不多；伊斯兰教徒更多的是波斯人、塔吉克族人和维吾尔族人。在忽必烈发布禁令后，最初有许多穆斯林离开了中国，但是七年后，即在1289年，在马可·波罗离开中国前，该禁令被解除。

马可·波罗在这件事情上也取得了大汗的极大信任。

大汗赐予他谋士的称号。马可·波罗也许已经成为该国的十二个主要重臣之一，获得行省长官[1]之职。

购买商品的有利时机，就是没有竞争者的时候。

马可·波罗不会说汉语，他当然也不认识汉字，他只能理解表达个别概念的汉字的意思，却并不知道它们的读音。

马可·波罗既听不懂汉语，也不会用汉语阅读。

但他却在中国担任过重要的职务。

在中国有很多外国人，在军队中服役的不仅仅是蒙古人。

我已经说过——在中国有阿兰人、俄罗斯人、维吾尔人的驻军。

蒙古人说：“我们都没用下马，就征服了中国，但是我们不离开马鞍，就无法治理这个国家。”

国家原本可以由汉族的官员来治理，但是蒙古人并没有赋予中

---

1 为《马可·波罗游记》作序的法国学者颇节根据《元史·地理志》的记载，推测马可·波罗在1277至1289年间曾做过扬州及其附属的二十七个城池的长官，即行省长官。

国境内的汉族人自由行动的权利。财政大臣是布哈拉人，御医是意大利人。守卫城市的是阿拉伯人、波斯人和意大利人。甚至还为穆斯林设置了单独的高等教育机构。

在这个混杂的人群当中，威尼斯人马可·波罗也找到了一席之地。

蒙古人需要他，因为他对这个国家而言是一个外人。他对这个国家而言完全是一个陌生人，就像马对放进它嘴里的马嚼子上的铁一样感到陌生。

马可·波罗先生去当行省长官

在被蒙古人占领的蛮子国，你走在整洁的砂石路面上，道路两侧都是水。

被占领的城市都有军队把守。居民——商人和手工业者——所有人都被编号，所有人都要进贡；他们那里到处都使用蒙古的纸币。

被征服的土地一直绵延到海洋之滨，要走上三天时间。

各处的村庄也都有军队驻守，而海洋上航行的船只来自遥远的岛屿，那里没有其他的树木，只有散发着芳香的树木。在到达那些岛屿之前，身心早已疲惫不堪。那里没有大汗的统治。要是能到那里去该有多好啊，在那里铺上一条条大路穿过山脉，建起一座座桥梁，各个桥上都布置警卫，引进大汗的纸币，到处都对商人及其商队放行……

中国有很多非常美妙的东西。有绝佳的美酒。它是用大米制作而成的，人们把它与一些调味料一起煮，清爽可口。这种酒要煮热喝。

“但是我们暂时把它放下，”马可·波罗说，“让我们去描写一下石头是怎样像木材一样燃烧的。

“在中国疆域内到处都有一种黑色的石头，在山上把它们挖掘出来，如同挖矿石一样，它们就会像木柴一样燃烧。它们的火焰比木材更旺。如果在晚上，我告诉你们，把火生好，它就会持续燃烧一整夜，直到清晨。你们知道，中国各地都在烧这种石头。他们有很多木柴，但是他们却烧石头，因为比较便宜，而且树木还可以保存下来。”

马可·波罗前去赴任。父亲留在汗八里做生意。马可一个人带着随从前往。

各条河上都架着桥梁，桥上都有石狮。狮子与狮子之间不是柱子，而是护栏。每座桥上的狮子都特别多，要是数起来就会让你发疯。中国境内有四种仙鹤。马可·波罗的随行队伍中有六种猎鹰。马可·波罗当时二十八岁。他要去当行省长官的城市，位于中国南方。

他当行省长官的任期很短，因为当行省长官很是无聊。

对此马可·波罗自己写道：

“从泰州出发，在这个美丽的国度走上一整天，这里的城堡和市镇众多，接着便来到一个著名的大城市扬州府。

“城市极大，实力雄厚：二十七个又大又美丽的商业市镇归其管辖。大汗的十二个王子中，有一位王子坐镇该城；这座城市被选为十二个京都之一。生活在这里的都是大汗的臣民；他们都是多神教教徒；他们使用的货币是纸币。马可·波罗先生治理这个城市三年时间。这里的人们从事商业和工业，制作骑兵使用的马具。我告诉你们实情：在这座城市及其周围驻扎着许多士兵。关于这座城市没什么可多说的。”

马可·波罗甚感无聊。他是个旅行家，官宦的生活不合他的口味。

在描写中国的所有小章节中，他首先提到的都是所记述城市通行的货币。纸币在当时的中国是一个极其重要的问题，纸币和铁币在逐渐取代铜钱。铁币的应用十分广泛，因此12世纪时便禁止私人经销铁，国家开始用石煤炼铁。

这是一个复杂的工序，欧洲只有在18世纪末期才达到这一水平。

13世纪曾对促进纸币流通予以奖励。也许，这些奖励令马可·波罗十分感兴趣。

应当指出的是，马可·波罗从中国回国的途中路过波斯，而波斯当时正在尝试使用纸币。这也许不无马可·波罗的参与。

马可·波罗为国家命名，该名世代流传

马可·波罗驻留在大汗忽必烈宫廷的时候，一艘海船载着许多使者从一处群岛来到了中国。这些使者来自我们现在称之为日本的国家。这个国家真正的名字是尼蓬、尼蓬国，中国称日本为日本国，但是马可·波罗记下的则是奇蓬古，后来从这个词派生出了法语词Japon（扎蓬）和英语词Japan（斋蓬）。Japon（扎蓬）的另外一种读法就把奇蓬古变形为我们语言中的日本一词[1]。

以下就是马可在汗八里的大汗宫廷里从日本使节那里听说的有关这个国家的情况：

“这个群岛位于东方的茫茫大海之中。距离大陆一千五百英里。群岛的面积很大。那里的黄金极其丰富，因为只可以在那里开采，却不能外运。那里的宫殿雄伟高大，用纯金覆盖屋顶，就像我们威尼斯用铅覆盖房子和教堂的屋顶一样。”

马可·波罗转述使者的话说：“那里的地板也是黄金制成的，地

1　在现代俄语中，日本为Япония，其前两个音节在读音上接近“扎蓬”。

板上的黄金有两指厚，窗户也是黄金装饰的，那里还盛产粉红色的珍珠。”

忽必烈听了使者的夸耀之辞后，便派出两名军事统帅前往那里。一个叫阿刺罕，另一个叫范文虎。

他们率领大军乘坐松木制造的海船出发了。

船头处泛起白色浪花，甲板上摆放着弓箭——士兵们监视着水面上的情况：是否会有鲸鱼游向船只，它会不会戏弄浪花，会不会用尾巴打坏海船?

尾随在海船后面的是一些小船——有两条稍大一些，有十条稍小一些。这些小船供侦察和捕鱼之用。

海面上风力适宜。鲸鱼并没有妨碍蒙古人的船队。船只均装备精良，后来有人说，这些船上装有铜制炮筒，可以发射石弹，利用引爆木炭和硫黄混合而成的硝石将石弹发射出去。

船队一路驶来。大汗的军队抵达岸边，登上陆地，占领了海岸，向城市逼近。

就在此时发生了悲惨的事件——两名军事统帅反目。他们之间相互妒忌，因而谁都不想协助对方。

也就是在此时刮起了北风，部队里的人都说应该离开这里，否则风暴会将所有船只拍打到岸上摧毁。

士兵们上了船，将船驶到大海上，但是还没走出四英里就被吹到一个小岛上。一部分船只倾覆，剩下船只上的士兵就开始打斗，他们只让长官们上了船。面对风暴侵袭，两队人马相互之间根本没有极力协助。两位军事统帅当中谁死在了那里，马可·波罗并没有说明。只有一件事确定无疑——蒙古人丢下同伴离开了小岛。

当抛弃了忽必烈部分军队的军事统帅回国后，大汗震怒，下令剥去水牛的皮，用它把这位统帅卷起来，然后扔到一个荒岛上。水牛皮慢慢变干，紧紧箍住人的身体，人在里面无法动弹，就这样悲惨地死去。

而那些活下来的人住在小岛上，一些日本人从岛上来到他们这里，但是他们抓住这些人，扣留他们的船只，虏获他们的旗帜，然后前往另一个岛屿，以欺骗的手段将其占领。

他们就这样在日本国的群岛上战斗了很长时间，后来被包围，于是投降，并被永远囚禁起来。

从马可·波罗的叙述以及日本的编年史中可以得知，忽必烈的船队去的是九州岛。但是，当部队登岸的时候风暴骤起，蒙古人的所有船只沉没。蒙古军队被全部消灭，只有三名士兵得以回到中国，向忽必烈汇报了部队的命运。

日本编年史编撰者将这场救命的风暴称为“神风”，意思就是——诸神刮起的旋风。

在马可·波罗之后，很长一段时间人们都对这个岛国一无所知，只知道被马可·波罗弄错了的这个国家的名字。他们一直以为，在海洋的某个地方有座岛屿，那里的宫殿带有金色的屋顶和金色的地板。

希腊人已经说过，地球是个球体。人们认为只有一个世界、一个地球。但是人们眼中的地球比实际上要小得多。

如此看来，海洋中那个有着金色屋顶的岛屿似乎并不遥远，更何况马可·波罗算错了大陆到岛上的距离，将其提高了很多倍，从而使该岛的位置更接近欧洲。

关于我们如今称之为美国并如同屏障一般耸立于海洋中的陆地，当时人们还一无所知。

有着金色屋顶的岛屿似乎近在咫尺，于是热那亚人哥伦布后来乘坐自己的帆船朝着它们驶去。

错误就这样催生了一个梦想，而梦想加速了壮举的出现。

行省长官马可·波罗先生寂寞，伟大的忽必烈也寂寞

忽必烈患有痛风，他的双脚因食肉、喝酒而时常疼痛。

军队是不可靠的，宫廷也是不可靠的。

宫廷在纵情娱乐：宫廷里有歌手、杂技演员、术士——有波斯术士、中国术士、西藏杂耍艺人、印度术士、会做侧手翻的阿拉伯术士、吞食燃烧的麻絮以及喝着火的白酒的德国术士。这些术士都年轻力壮。有一些术士是阿兰人，他们擅长舞刀，还有些术士来自不知名的岛屿，他们善于舞棍弄棒，这些棍棒往往扔出去又弹回来。宫廷中的术士如此之多，已经可以组成军队了。他们所有人都依附于宫廷生活，因为国内禁止施行法术。

中国是一个伟大的国家。众多河流从山上奔流而下。山上还有一条天河，时至今日在地图上它的源头仍用虚线标示。那些山脉也是神秘莫测的，中国地理学家用画笔把它们画出来，让它们更好看些。

山脉、积雪的南面是一个大国，名为缅，现在称作缅甸。那里

流淌着波澜壮阔的伊洛瓦底江[1]。

这条河的河口被中国的一些岛屿、半岛和浅滩挡住。于是忽必烈就有了一个想法，正如马可·波罗先生所说：

“他的宫廷里有许多术士和舞者。大汗对他们说，让他们前去按照他的意志征服缅国，许诺给他们指派一位长官和几名向导，而那些人回答说他们同意去，便与大汗指派的长官和几名向导一起上路了。”

与术士一起被派出的，可能也有马可·波罗本人。

术士一行人从北京出发。他们沿着大路前进，一路上既表演了法术，也会在村庄里歇息——当他们来到村子里的时候，村子早已空无一人，而当他们离开的时候，村里人已经没有什么必要再回到这些村庄了。术士们沿河航行，用竹绳拉着船只逆流而上，用竹篙撑船通过险滩。他们进入松林地区，继续往前走。团团云朵飘浮在悬崖边的树丛之上，这些树丛就像人类居住的房屋。术士们走在白得刺眼的冰面上。冰层破裂并塌陷下去。

马可·波罗像一只领头鸟率领着这支杂牌军走过白色的小径，穿过蔚蓝色的冰川。

术士们沿着楚伊犁河河谷行走。这条小河从冰层下流淌而出。随后队伍翻越了山隘，那里狂风怒吼。人马已经所剩不多了。

这些地区荒无人烟，道路陡然直下。在这些地方有一些金矿，但是这些金矿却无法进入。即便马可·波罗带着术士也无法抵达那里。

1　伊洛瓦底江，亚洲中南半岛大河之一，缅甸的第一大河，中国古称大金沙江和丽水。

马可·波罗说：

“那个民族生活的地方，没有人能够进入，也没有人会做任何伤害他们的事。他们住在无法通行的地区，没有道路通向那里，也没有人知道他们住在哪里，从来没有人去过那里。

“那个民族自己把黄金运出来，用一条金块兑换五块白银。这是非常有利可图的事儿，因为黄金在全世界都更贵一些。

“那里有举办集市的地方。那里每周有三次集市。”

在远征之时，那个地方可能比较冷清。

马可·波罗继续写道：

“往山下走两天半的时间，便是通向南方的地区，即到达了印度边界，它被称为‘阿缅’或‘缅’。

“连续十五天你都要行走在没有道路的地区，而森林里有很多大象和各种野生动物。

“没有人在这里生活。”

山脉犹如海浪一样，渐渐平缓下来。天气逐渐回暖，山脉变成了丘陵。丘陵从北向南绵延。伊洛瓦底江的河谷展现在眼前。

抵达这里时已是五月。温度为零上四十度，这是按照我们今天的说法计算。在这里，战争持续了很长一段时间——直到冬天。冬天的温度降到三十度，但不是零下，依然是零上。

这里的人们皮肤呈黄褐色，赤身裸体，只在腰间围一块布。他们住的都是平房，坐落在河边，建在木桩之上。

这支杂牌军继续往前走。来到该国中部的蒲甘城[1]。这个城市里有两座塔，一座金塔，一座银塔。

马可·波罗讲道：

“这些塔是这样的：它们用上好的石料砌造而成，外面以金银覆盖；一座塔上的金片厚如手指，整座塔都包着金片，仿佛是用黄金浇铸而成。塔高十步，宽度与高度相同；塔底呈圆形，四周挂着金色的铃铛；风一吹，它们就会发出阵阵丁零之声。另一座塔是银塔，也像那座金塔一样，大小与金塔相同，看上去样子也相同。有位国王下令建造了这两座塔，以昭示自己的伟大，也使自己的灵魂得救。我可以告诉你，那两座塔是世界上最好的塔，非常珍贵。”

除了金塔和银塔以外，这里还有锡、象牙、蓝宝石、琥珀……

这个国家渐渐富裕起来。

术士与向导一起征服了这个国家。马可·波罗在这里猎捕大象、鹿、羚羊和扁角鹿。这个国家让他觉得很亲近，于是他就去向大汗报告这里有美丽而珍贵的两座塔的奇事，询问大汗是否要下令将它们拆毁，而把黄金和白银运送给他。

大汗上了年纪，他已经不爱喝酒，而是爱喝茶——他用铜器里的水泡茶，烧的是煤炭。大汗喜欢谈论美德，让孔子的信徒成为宫廷的亲信。

大汗说：

“也许，国王建造那些塔是为了拯救自己的灵魂，也为了死后有

1　蒲甘，缅甸历史古城、佛教文化遗址、著名旅游胜地，位于缅甸中部，坐落在伊洛瓦底江中游左岸。

人能记得他。我命令不要毁坏这些塔，而是要保留它们建造时的样子。”

马可·波罗听了大汗的回答，意识到大汗的生命已经要到尽头，也许很快他就要面临死亡。也就是在那时他发现，医生，即占星家之首，对编绘继承人占星图一事犹豫不决。

于是马可·波罗先生叫来父亲和叔叔。两位开朗的老人来到他那里，他们已经发福，留着圆形胡子，看上去心满意足。马可·波罗像绅士那样接待他们，说明了事情的原委；父亲和叔父都赞同把全部财产换成红宝石，为离去做准备。

马可·波罗已经三十多岁了。翻山越岭和漫漫路途强健了他的身体。他无所畏惧，但是他想看看远方的国度和远方的岛屿，于是决定请求离开。

他决定走海路返回故乡，并且要尽快启程，但是忽必烈和乃颜之间的战争打乱了他的计划。

中国大地上战火四起，而商人波罗一家想要离开

1286 年忽必烈已经七十岁。忽必烈有个侄子乃颜[1]，是成吉思汗弟弟斡赤斤的后代。乃颜年富力强，掌控着许多地区，能够调动四十万骑兵。他的祖先以及他本人原来一直臣服于大汗，但随着时间的推移乃颜的势力壮大，建立起庞大的军队，召来很多留胡子的基督徒在自己手下供职，甚至他自己也皈依了基督教，还把十字架图案印在旗上。

乃颜只有三十岁，可是他内心却渴望统治帝国。他有一位盟友是窝阔台的孙子海都，其领地在中亚。乃颜和海都开始准备征讨大汗。

忽必烈年事已高，他也知道，在他的很多城市里并不太平。但是关于乃颜和海都的所作所为，大汗很久之前就从占星家和间谍那里得知了。

---

1 乃颜，元朝蒙古宗王，成吉思汗幼弟铁木哥斡赤斤玄孙。1286 年起，他联合一些部落，在漠北分地举兵反元。

当时的人要是做了梦，他醒了以后就会咨询占星家。占星家给他解梦，同时也向忽必烈汇报。忽必烈知道每位亲王做的梦。在这些梦的推波助澜下，丈夫告发妻子，神父告发神父。忽必烈善于倾听并保持沉默。

他也收到了关于乃颜的一些情报。忽必烈的身边一直都有军队——猎犬饲养员、鹰监、御林军和一些穿着大汗衣服的男爵，他们总是骑马而行。大汗带着整支军队到处漫游。

大汗对自己立下誓言，如果不惩治叛徒，他就不戴皇冠。大汗仅仅用了十天时间准备。他召集三十六万骑兵和十万步兵。鞑靼军队英勇善战。步兵手持长矛，排列在骑兵之间协同作战。

忽必烈以骑兵进行突袭，而步兵紧随其后。如果骑兵撤退，步兵则单膝跪下，以长矛迎战对方骑兵的攻击，而忽必烈的军队则利用这个时机重新列队。

忽必烈带着他的军队行进，就像去游玩一样，他派出先遣队占用所有的道路，不让行人通过。

乃颜正与妻子躺在帐篷里享乐，他非常爱她。

朝霞初升，大汗率领军队出现在平原周围的山丘上。乃颜的军队甚至都没有布置警卫。

上了年纪的大汗站在小山上，他那移动的宫殿[1]稳稳地安放在四头大象身上。

忽必烈大汗坐在宝座上，他穿着软靴。忽必烈打开自己象辇的

1　指的是忽必烈乘坐的象辇。

顶盖，高高地举起旗帜。

战鼓敲响，所有的乐器鸣奏起来，乃颜营地里的人们开始四处奔跑。骑兵发动冲锋，每个骑兵后面都跟随着一个手持长矛的步兵。箭矢布满了天空，就像天空中弥漫着雨水一样。箭矢呼啸着扎进土里，扎进肉里。而就在此时忽必烈的大象开始冲锋。

大象此前被饮过酒。它们全都被漆成绿色和红色。象牙上拴着铁环，铁环上插着带有沟槽的刺剑，就像刺刀一样，长度不超过一肘长。大象的鼻子上挂着锁链。驯象师们骑在红红绿绿的大象上，驯象师的双腿恰好在大象的耳朵后面。驯象师们全副武装，大象则喝醉了酒。驯象师拿树枝使劲抽打大象的头部，甚至打出伤口。大象用后腿站立，像熊一样跳跃起来，每次跳跃都用刺剑发动攻击，而鼻子上下摆动，用铁链殴打敌人。

如果大象被箭所伤，它就会变得怒不可遏，于是更加勇猛地厮杀，它痛不择路，到处发动攻击。大象能连续作战一两天，甚至有人说，它们可以三天不吃饭连续战斗。

乃颜英勇作战，哪里战斗最为激烈，他就赶到哪里，就像驱散一群小牲口一样把敌军击溃。

但是忽必烈已经把乃颜的军队团团围住；大象在怒吼，跳跃着发动攻击。乃颜看到抵挡不住便要逃跑，但是他被俘虏并押送到大汗跟前。

大汗下令用地毯把乃颜裹起来，紧紧地卷成筒状，使他在地毯中死亡。这样处死乃颜，是因为忽必烈不想让成吉思汗家族的鲜血在光天化日之下洒在大地上。

马可·波罗很可能也参加了战斗，他逐一登记了与乃颜并肩作战的那些民族，其中有来自朝鲜、土耳其斯坦和满洲里南部的人。

乃颜的军队四散而逃，所有的亲王都归顺了大汗。乃颜的旗帜被扔到大汗脚下。

但是皇帝忽必烈严禁留胡子的人们内讧。他在等待与海都再次开战。

然而海都在得知乃颜惨败之后，不敢再轻举妄动。

忽必烈在战场上分发奖赏，给他的勇士们颁发金银奖牌和银器并返回汗八里——他自在地在花园里休息，那里的小山旁生长着来自世界各地的树木，小山上绿荫浓密。

关于启程与海船

尼科洛、马费奥和马可又在大汗那里住了一段时间，积聚了巨额财富，他们开始商谈回国事宜。他们看到大汗年事已高，担心他死后他们将难以返乡，因为路途遥远，会有许多危险。

他们胆怯地与大汗谈起此事。大汗没有答应，他赐给他们礼品，却不准他们离开。

然而事有凑巧，忽必烈再次需要可靠的使者去完成艰难的任务，于是赐予马可先生、他的叔叔和父亲四块金牌：两块金牌上面刻的是矛隼，一块上面是狮子，而最后一块是普通的金牌。金牌上有写有圣旨：三个使者所到之处必须给予尊重并提供服务，就像对待皇帝本人一样，要提供马匹、食物和向导。他们的行程是从汗八里城一直到伊朗大地，而在那里——在中国的时候他们曾经以为——威尼斯就已近在咫尺了……

使者们的任务是护送要当新娘的公主前去要当新郎的王子那里和亲。一个新娘是蒙古女孩阔阔真，另外一个是中国宋朝的女孩，对她而言离中国越远越好。

中国有很多藩属之地，很多时候难以确定某个国家的隶属关系。马可·波罗本人在归途中并非总能确定所遇岛屿与中国本土的隶属关系。

保持附庸国关系的一个手段就是联姻。皇帝把自己的女儿嫁给蛮夷——女儿几乎都不是亲生的，而是养女，蛮夷便成为他的亲戚和附属国。

阿鲁浑[1]，波斯的可汗，忽必烈的侄孙，失去了他的第一任妻子卜鲁罕，她去世了。他想给自己迎娶一位蒙古血统的妻子，便派使者去见大汗。

新娘经过挑选产生，十七岁的阔阔真当选。使者们很满意大汗挑选的姑娘。

与此同时，马可长途旅行刚刚回来，便献计说可以走海路护送美丽的公主前往波斯。兄弟俩说服了使者。

“男爵们去见大汗，请求他恩典让他们走海路回家，并派遣三个威尼斯人与他们同行。前面我已经和你们说过，大汗非常喜爱波罗兄弟，他无奈应允，让三个威尼斯人与男爵们和新娘同行。”

路途遥远而艰险。也许，并不是商人波罗一家请求走海路返回故乡，而是大汗打发他们走这条危险的道路。

这个推测是有一些依据的。马可·波罗在中国很受爱戴，他的影响力逐渐扩大。处决他没有理由，强迫他留下来也已经没有必要。

马可本人喜欢夸耀自己在忽必烈宫廷中的地位，他的这一宫廷

1　阿鲁浑（1258—1291），蒙古人，阿八哈之子，在1284年推翻叔父帖古迭儿，继任伊儿汗国的第四任君主。

地位甚至在威尼斯提升了旅行家的影响力。

但是我们必须记住，波罗一家离开中国所走的那条道路，是很难走的一条路。

蒙古士兵在途中几乎全部死亡。

阿鲁浑求亲一事帮助大汗以最好的方式摆脱了他的帮手马可·波罗。

大汗下令为使团配备十四艘海船，每艘船上有四个桅杆，这些船常常会挂起十二片船帆航行。

派出的使团共有六百人护送。

海船上储备了足够十年用的食物。这些船用云杉木建造而成，都只有一层甲板，但是船里面有多达六十个舱位。比较大的海船里面有三十个单间，都用坚硬而牢固的木板隔开。这样做是为了以防船只漏水。如今船上这样的间壁称为隔水板。海船上的间壁都是双层的，木板上面再加一层木板，内外都把缝隙弥合并用铁钉钉好。这些海船并没有用树脂浸过，因为这里没有树脂。船上涂的不是树脂，而是蜡脂，蜡脂用生石灰、捣碎的大麻、木油制作而成。每艘船上有二百名水手。船靠划桨行进，每支船桨配有四名水手。这些海船周围还有一些大船，每艘大船上有四十名船员。每两艘这样的大船周围还有一些小船。这些小船在风向不利的情况下用拖缆帮助拖拽海船。如果海船老化，就要用木板重新包覆，这样就能累计达六层之多。

此前建造的海船更加庞大，但是在蒙古统治时期大海填平了港湾，海港变浅，于是海船就建造得小了。此前曾经有过可容纳一千人的海船，它是这样建造而成的：先做两面木头船壁，用厚厚的桁架连接起来，再把这些船壁固定在船底上，整条船的建造最后在水中完成。从前划一只船桨需要多达十五个水手，而且划桨的人要站成两排，面对着面。船桨上备有绳索。一排水手朝一个方向拉动绳索，接着放开，然后另一排水手拉动反方向的绳索。这些海船上的水手们就这样划船，和着节拍唱着："啦——啦——啦——啦……"

但是海船经常扬帆航行。

中国的船帆是用竹篾做的，是用竹篾编成篾席。这些船帆永远都不会降落下来，它们被牢牢地固定住，当海船停泊的时候，船帆就像旗子一样来回摆动。

以前曾经有过四层甲板的海船。船上有特级客舱和厕所，每间客舱备有钥匙，以便丈夫在途中可以把自己的妻子锁在舱内。

船长所在的甲板上有一些木桶，里面种植着莴苣。船长在奴仆的陪同下四处走动，当他巡视的时候，奴仆们就保护着他，用粗嗓门喊叫着为他开路。

但是大海淹没了港口，蒙古人不喜欢大海。

中国水手将船帆调转，风鼓起帆，海船便起航了。一个中国商人看了看盛着水的碗。碗中漂浮着一个指针，指针的一端一直朝向北方。十五艘各不相同、多次修补过的海船排着并不整齐的队列，尽量不相互把风挡住，朝着并不可靠的海洋进发。

小船尾随着海船，驳船拉紧牵引索，缓慢行进。

中国海岸已经远去，在那里宋朝公主曾几何时还并不是俘虏，在那里马可·波罗曾经担任过十七年的侦探、行省长官、军人和

“术士的首领”。

海岸已经远去，在那里强壮的老人马费奥和尼科洛做了十七年的生意。

海船停下来过夜。天空中升起了北极星，浮标上的指针一直朝向它。

天气酷热。空中升腾起火红的晚霞，霞光中飘浮着灰尘，使灯火变得暗淡。

流星划过地平线。

黑色的圆柱旋转着，如同烟雾做成的衣袖，使天海相连。

这是刮起了龙卷风。

在重兵守护的船舱里，中国的公主正在熟睡。

天上出现了星星，又大又亮。后来星星在天空中转了个身，渐渐暗淡下去，早晨来临，风停了，竹篾编织的船帆无法利用它，天气酷热。

“啦——啦——啦！”桨手们唱起歌来，于是海船开始靠划桨航行。

几天后人们开始生病。习惯于海上生活的威尼斯人很少饮水，他们吃洋葱，保护着自己的身体。

护卫们牙龈开始肿痛，鞑靼人苦闷无聊，不断有人生病。

出发的时候船上一共有一千二百人，抵达第一个大的停靠港口时只活下来六百人[1]。

1　本处数字可能有误。据资料记载，马可·波罗一行人出发时船上共有六百多人，本书前文中也提到，使团共有六百人护送。

船队不知所措地行进，鲨鱼循着食物的碎屑跟在后面，争抢着扔进大海的尸体。

阔阔真平静地前往陌生的国度。她只是被当作大汗的亲人，她是为派去和亲而挑选出来的公主。

马可·波罗并不担心，他了解海船航行的路线，作为旅行家他善于等待。他时年三十八岁。

马可的仆人，一个鞑靼人，因寂寞无聊而接受了洗礼，改信基督教，教名为彼得，他比其他人都寂寞。

大海上没有草原，马匹在船上看起来病怏怏的，好像它们也失去了家园一样。

珍贵树木之国

距离中国海岸一千五百英里的地方是占婆国[1]——马可·波罗是这样记述的。

这个国家向大汗进贡大象。1285 年，马可·波罗远征回来的途中曾经到过这里。

这个国家的树木都是珍贵树种，有很多芦荟和用来制作象棋、墨盒的乌木。马可·波罗并没有讲述太多这个国家的情况。

海船再次拉起船帆，上足淡水继续航行。岛屿如同花篮一般迎面而来，岛屿上的气息如同遥远的京师城的气息。和缓的风吹拂着，现在称之为季风，推动海船前行。船队日夜航行。船队要赶往冬天停靠的港口，因为冬天的风向不同，需要等待风向转变。

船队的一侧是爪哇岛，他们已经远远地驶过去了，该岛以肉豆蔻、生姜、丁香闻名。

他们还路过一些岛屿。那里的人们过着原始生活，他们有自己

1　占婆国，现在的越南。

的语言，不向任何人进贡。他们并不害怕忽必烈。那里盛产贝壳，在中国的偏远地区这是一种通用的货币，而在这里却什么都不是。

他们接下来抵达朋丹岛。这是一个蛮荒之地。这个岛上的所有树木都散发着香味，周围还有一些其他岛屿。

大海因一些浅滩而变得色彩缤纷。

海浪撞击在珊瑚礁上，泛起白色的浪花。海水的深度只有两人高。大船摘下船舵，靠小船小心翼翼地用缆绳拖着前行。

一些海船在岛屿间走散了。

大海是危险的。马可·波罗夜里走到甲板上，他环顾四周，已经认不出天空。天空中无论低处还是高处都没有北极星——它根本就不存在。轮船已经向南走出了很远。不认识的、无名的星星高高地挂在天上。

船队继续航行，抵达小爪哇岛——现在我们称之为苏门答腊岛。在这里又赶上来两艘海船。风向已经改变。风向改变后会持续很长一段时间，马可他们需要在这里过冬。

马可·波罗的海船在苏门答腊岛停留了五个月。这个威尼斯人吩咐找到一个通往大海的狭小的海角。他在海角上挖开一条水渠。在水渠前建了一座碉堡和一栋原木房子。马可·波罗备下很多木材，布置警戒哨，他在这里住了五个月。

苏门答腊岛上有八个王国和八个加冕的皇帝。岛上的语言马可·波罗都听不懂。天空也是陌生的。树木都不认识。这里有很多野生大象和独角兽。以前在欧洲就听说过独角兽。人们在徽章上画过独角兽。据说，只有童女能够驯服独角兽。

马可·波罗到岛上四处游览，他看到了一头独角兽，现在称之为犀牛。它体形硕大，额头中间长着粗粗的黑色犄角，它的头像野猪头，而且它的眼睛一直看着地面。它生活在沼泽中。它发怒的时候非常可怕，常常会将人掀倒在地，踩在脚下。

马可·波罗常常去打猎，有一天他带上了公主。

但是犀牛并没有驯服，马可·波罗记述道：

“独角兽与我们所描述的并不一致，它们不会屈服于童女，它们完全不是我们这里所讲述的那样。”

没有任何一处大地比这里的植被更为繁茂，更为华丽。

马可·波罗看着这里的树木，回想起大汗的那些花园。很难相信，大地本身孕育了这一切，这些树木不是用大象从遥远的地方运到这里的。棕榈树与灌木丛交错而生，仿佛是精心规划好的。棕榈树的叶子低垂下来，就像是一缕缕梳起的长发。混浊的河流穿过草地缓缓流淌，那草地绿得令人难以置信。到了晚上，一些星星开始在树木之间飞舞，就像天空中的点点繁星。如果抓住这样一个星星，才知道原来这是椭圆形的彩色飞蝇，它们闪动着比蜡烛还明亮的淡绿色的光芒。

海面也发着光，金色的光芒洒满了船桨。海浪金光闪闪，散发着一股霉烂味。

在马可·波罗的营地里，许多蒙古人神志不清，在异国陌生的天空下死亡。

阴雨连绵。马可·波罗寂寞难耐。他带上黑色的鹰猎去狩猎。他喝棕榈酒，吃椰子。苏门答腊岛上的鱼和大米都非常美味。

一些个子矮小的丑陋的黄种人标本被带到营地出售。老马费奥看了看这些丑八怪，这个商人并没有上当受骗，他明白——这里有一种非常小的猴子，它们都长着人脸。捉住几只这样的猴子，拔掉它们的毛发，只留下胸毛和胡须，然后将它们晒干，体内塞满番红花，它们就变得和人一样。

马可·波罗甚是寂寞。天空中不但没有北极星，甚至连大熊星座的长柄勺都消失了。马可·波罗游遍了全岛。他看见了樟脑，这里的樟脑是世界上最好的。他发现了一种树——如果剥下树皮，整个树心里装满了面粉。当地人把这种面粉放入木桶，加水用木棍搅拌，然后再把水澄出去，用这样的面粉可以做饼干和蛋糕。这面粉的味道像大麦粉，马可·波罗先生把这种面粉带回了威尼斯。

马可·波罗乘坐小船去过附近的一些岛屿，无意中到过一个既没有国王也没有贸易的地方。当地的男人和女人都赤身裸体，一丝不挂。这看起来特别奇怪。岛屿到处生长着檀香树、核桃树和丁香树，还有很多其他漂亮的树木。

各个岛上的人都害怕外国人的海船。旅行者们在等候顺风的到来，用原木建造了堡垒。

五个月后人们再次登船，此时人已经所剩极少。

临行前马可·波罗拿了岛上的一些植物种子，藏在一个盒子里，打算在威尼斯自己家的院子里种植。

船队迷了路。长长的白色海浪冲击着珊瑚礁，夜晚如此漫长。

我们不知道公主和马可·波罗之间发生了什么事。

她是否用麝香在脸颊上写下了自己同伴的名字，就像《一千零一夜》中所讲的那样？他是否为她伤心，却不敢解开她的腰带，就像另外一个商人卡尼布·本·阿尤布伤心时无意中把哈里发的妃子带回家那样？夜晚是否窃取了人的羞耻心，就像阿拉伯人所说的那样？海船上剩下的最后一位使者戈乌斯是否保护了公主，要把她送往自己的君主那里？

他们在异国的天空下航行。海船静静地行驶，风穿透破旧的船帆渐渐远去。天气炎热。

公主们仔细研究了占卜用的皇历，她们要把皇历交给王子们，交给自己未来的丈夫，并以此使他们成为忽必烈的附庸。

关于锡兰[1]和印度海岸

海船静静地行驶，船长面前放着一个小盒子，里面那艘轻木做的小船上漂浮着一枚指针。

海船航行的方向不断改变，而指针却一直指向北方。

海船左右不时地出现一些岛屿，但是海船并没有停靠上去，因为这里不喜欢外地人。有一些低矮的小船驶过，小船上都有许多原木，绑在侧面突出的木杆上，以免波浪掀翻小船。

这些小船上坐着的人们皮肤黝黑，赤身裸体，带有文身。他们在南瓜里面盛满水，通过南瓜边缘上的小孔观看星空，以此确定航行路线。他们的船里放着石斧、重木剑；杀害这些人后所得的战利品并不多。

三位波斯使者只有一人活了下来[2]，从中国出发的六百名蒙古士兵剩下了十八人。女性中只有一人死亡。

船舱里无法通风的货物都已腐烂发霉。

1　锡兰，斯里兰卡的旧称。

2　阿鲁浑派出的三位使者分别是兀鲁、阿必失呵和火者，其中只有火者活了下来。

女人们撑起船帆。马可·波罗、他的父亲和叔父轮流掌舵。

天空中的星星是陌生的，从爪哇岛开始北极星就消失了，一直到科摩拉角[1]都没看到它。陌生的鱼儿游出海面，大海散发着陌生的气息——既有商业的气息，也有中国沿海富庶城市的气息。

海船航行了两年。马可·波罗四十岁，阔阔真十九岁，他们一起值勤。

马可·波罗喜欢狩猎，却不懂得爱情，虽然他见过很多女人。

马可·波罗观察着星星，指挥着海船，急于赶回他所不了解的家乡，而我认为，商人错过了爱情，就像错过了过境货物一样。

海面上出现了一座大岛，叫作“锡兰”。当时人们以为，这是世界上最大的岛屿。

这里有很多蓝宝石、黄玉、紫水晶。当地的国王拥有世界上最大的红宝石。要是能夺得这颗红宝石该有多好啊。国王十分软弱，但是他雇佣了一些人——穆斯林，来帮他守卫。国王的臣民都赤身裸体，只吃米饭。

离开锡兰北上。远处是印度海岸——它属于五个兄弟。海中有一个浅海峡，当地人从四月到五月中旬在那里打捞珍珠。商人打捞珍珠，并为此向国王缴纳十分之一的珍珠。他们还向婆罗门僧侣[2]缴纳珍珠，期望僧侣们能用法术控制鲨鱼不吃潜水员。当地人向婆罗门僧侣缴纳十二分之一的珍珠。

1　科摩拉角在印度最南端。

2　婆罗门，古代印度的祭司贵族。婆罗门阶级主要掌握神权，占卜祸福，垄断文化和报道农时季节，在社会中地位是最高的。

商人们雇一些人潜入水中，给他们小袋子和网绑在身上。人们潜入水中。一些人可以下潜到两人深的水中，另外一些人可以下潜到六人深的地方。他们潜在水中，当忍受不了的时候就游到水面上，然后再次沉入水底，一整天就这样反复潜水。他们打捞珍珠，商人们颇为富有，珍珠随后卖到大不里士，最好的珍珠留给国王。

这个国家全境温度不冷也不热，因此所有人都赤身裸体，只有腰间围着一块好看的麻布。国王也是赤身裸体，但是国王身上戴着宝石项链。国王的脖子上戴着一条精致的丝带，那条丝带上串着一百零八颗又大又漂亮的珍珠和红宝石。国王数着这些宝石祈祷，一直重复着“上帝”一词。国王的两只手腕上各戴着三个镶着宝石和珍珠的手链，两只脚腕上各戴有三个金环，也镶着珍珠和宝石。

宝石不允许从这里运出去，国王自己要收购，他父亲以前留下的那些宝石他也不出售，而且还要从老百姓那里捞取新的宝石。

国王有五百个妻子，他又从自己哥哥那里抢来了第五百零一个。哥哥是个聪明人，并没有大肆声张此事。

国王的马都是劣马。

国王一旦去世，那么他的仆人和他的妻子就要和他一起接受火葬。

这里的人不喝酒，他们说，人喝了酒或者出过海，就不能当债务担保人……这里的人很是古怪。

马可·波罗感到惊奇的还有，印度的神灵是黑色的，而恶魔是白色的。马可·波罗对印度的描述与对中国有所不同，大多数都是根据道听途说写的。

在马拉巴尔[1]王国似乎出现了北极星，夜晚它就悬挂在水面以上两肘高的地方。

海船急速行驶：雕龙的金牌早已破旧不堪，船舷上的油漆剥落，甲板都翘了起来，水在裂了缝的底舱里咕嘟咕嘟直响。船上的人已经所剩不多。

海船夜里也在航行。这里有很多马来海盗，他们与妻儿住在海上，以便打劫商船。他们的船只彼此相距五英里，这样就占据了上百英里以及更大的海域。如果发现商人的海船，他们便点起烟火为号——海盗的船只便开始从四面八方逼近。他们会把商船抢劫一空，但是并不做害命之事。"走吧，"他们放商人离开时说，"去谋求其他财产吧，也许还会到我们这里来。"

马可他们继续前行，走了很长时间，绕过了古吉拉特半岛。"当地的海盗是世界最狠毒的，他们做的事情让人十分憎恶：抓住商人以后，就让他们喝加了罗望子的海水，商人会因此剧烈腹泻，会完全清空肠胃；而海盗则收集粪便，仔细查看其中是否有珍珠或者某种昂贵的宝石。他们说，商人被抓捕以后就会吞下珍珠和宝石，以免被海盗发现，这就是为什么这些恶棍让商人喝这种饮品，为什么商人会出现这样的疾病。"

这些地方极为可怕。只有一件事让人感到安慰——北极星出现在天空中，虽然它只是低悬着，大概只有六肘高。

1　马拉巴尔，南印度的一个地区，居于西高止山脉与阿拉伯海之间。

海船迷失航向

海船迷失了航向。指南针不起作用了——船长早已去世。一个个岛屿接踵而来，可是再也没有人能看懂浮在水上的指针了。马可·波罗说，印度洋中有人居住和无人居住的岛屿共有两万多个。

使者中只有一人活了下来。

女人都被叫到甲板上——剩下的水手已经不够用了。许多女人无法走路，因为她们的脚很小，是中国式的小脚。她们在甲板上用膝盖行走，现在一些中国女性在工作中有时也会这样做。

太阳炙烤着人们的脸庞。在这里，马可·波罗开始学习汉语。阔阔真说的是汉语，中国南方皇帝的女儿也说汉语，她是汉人，宋朝的公主，蛮子国皇帝的女儿——马可·波罗没有提及她的名字。

海船迷失了方向，一直沿着海岸航行，就像盲人扶着墙壁行走一样。在这种情形下，他们所经过的港口都非常可怕——如果海船是前往这个国家的，那么就会被接受；如果是偶然路过此地的海船，那么就会被强占，所有货物被抢走，这里的人会说："你要去另一个地方，但上帝把你送给我，因此我要拿走你的一切。"

因此他们最好不要停靠在岸边，为躲过危险可以把船停在浅滩上，抛下大木锚。

海船吃水很深。护航的船只早就失去联系或者沉没了。

蛆虫穿过多层木板把船底蛀出了孔洞。

大汗的使团继续前行。

他们在靠近海域的航道上行进，以避免与当地人碰面。靠近海岸比较危险——沿着海岸航行的是阿拉伯海船。它们体积不大，船身涂的是鱼油。

他们远离海岸继续航行，抵达了一座大岛——一座最大的岛屿，只有马可·波罗看到过这样的岛屿。实际上那不是一个岛，而是海岸——桑给巴尔[1]。

我看过洋流图，似乎明白了为什么马可·波罗来到了桑给巴尔海岸。

海船在航行，却几乎没有了船员，因而被赤道流冲走。也许，桑给巴尔虽然远离通往阿拉伯的航道，但是马可·波罗本人却急于奔往北极星的方向，北极星在他的旅途中就是那个君王的标志，那个君王在等待着自己的商品——新娘。

但是阔阔真并不着急，宋朝的公主也不着急。旅途中充满了乐趣。她们见识了世界各地，后宫卫兵已经死亡。上了年纪的商人们也不着急。海岸无处不在，岸上有各种商品。地球是广阔的，也许正像他们每晚谈论的那样，它甚至是圆形的。

1　桑给巴尔，坦桑尼亚联合共和国的组成部分。

“桑给巴尔是一座面积很大且享有盛誉的岛屿，方圆足有两千英里。这里住着多神教教徒，他们有自己的国王，有特殊的语言，不向任何人进贡。这里的人身材魁梧，体态肥胖；他们的身高与肥胖程度并不相称；他们如此肥胖和硕大，像是巨人一样；他们身强力壮，一个人可以背起四个人背负的重量，这也难怪——他们一个人吃的是五个人的食量。他们全身黝黑，赤身裸体，只遮住私密部位。他们的头发卷曲，浸在水中也不能把它们拉直；他们的嘴巴宽阔，鼻子扁平，嘴唇很厚，眼睛很大；要是你在另外一个国家见到这样的人，一定会把他当成鬼。这里的大象大量繁殖，因此他们的象牙交易活跃。他们这里的狮子非常特别。”

马可·波罗在自己的整本书中一直把老虎称为狮子，还讲述了帕米尔高原、波斯和西藏地区的狮子。在桑给巴尔，他第一次见到了真正的狮子。他以为它们是特殊的狮子。马可·波罗在这里看到了一种令人惊异的动物，还详细地予以描述，没有丝毫贬抑和夸大：

“在这里生长着许多长颈鹿，它们看起来很漂亮，它们的长相如下：您知道，它们的躯干很短，后半身敦敦实实的，因为它们后腿很短，而前腿和脖颈特别长；头部离地面很远，大约有三步远，脑袋很小；不做任何伤害人的事情；毛色棕红，带有白色条纹，看上去特别漂亮。”

波罗家的两位商人尼科洛和马费奥，是第二次见到长颈鹿；他们第一次看见这种动物是在伏尔加河畔，在别儿哥汗那里。在那里这是稀有之物——是来自埃及的礼物。

“这里的女人长相非常丑陋：嘴巴很大，眼睛也非常大，鼻子厚墩墩的；她们的胸部比其他地方的女人大四倍。他们以大米、肉类、乳品和海枣为食。他们没有葡萄酒；他们用大米和香料酿酒：酒的味道很好。

“这里贸易繁荣，来这里的客商很多，他们在岛上出售自己的商品，运走大量象牙，这里盛产象牙。”

船队从桑给巴尔转向归家之路，朝着北极星的方向航行。到了该返乡之时——两位老人已经开始感到无聊。

他们在广阔的海面上航行，来到了索科特拉岛[1]。这个岛屿地处阿拉伯半岛之南。使者火者已经心急如焚——航行了三年，皇帝可能会发火的，需要尽快赶回家乡。

索科特拉岛位于前往黑海和波斯湾的船只所走的航道上，从该岛到亚丁苏丹和索马里地区很近。阿比西尼亚距离该岛不远。由于这一地理位置，这个岛屿非常便于前往印度、马达加斯加和整个美好的阿拉伯的船只停靠。

这里买卖芦荟、神香、大米、染料。人们把未经加工的芦荟缝进山羊皮中运出。

当地的一些地方是有利可图的，咸鱼价格低廉。住在这里的是信奉基督教的聂斯托利派，他们臣服于生活在巴格达那边的摩苏尔的主教。他们赤身裸体出门，就像异教徒那样。

这里主要的卖家是海盗。偷袭商船后，他们临时在此地宿营，开始销售赃物。居民们都乐于购买，他们说，货物不是从基督徒那

1　索科特拉岛，印度洋西部一群岛，属也门索科特拉省。其位置在阿拉伯半岛以南约 350 公里，非洲之角以东，阿拉伯海与亚丁湾的交接处。

里，而是从穆斯林和异教徒那里抢劫来的。据说这些居民会蛊惑风暴，以此使船只撞到他们的岛上。

索科特拉岛靠着贸易和沉船变得富庶。岛屿的周围生长着头部硕大的鲸鱼，名为抹香鲸。这些鲸鱼的内脏上长着一些结石，可以应用于所有的香料。这种结石被称为“龙涎香”。

“由于这是一种昂贵的商品，所以居民便拿着带齿的铁叉去捕捞鲸鱼，当鲸鱼被刺中以后，便无法逃脱——铁叉上绑着一根长绳，上面拴着一只浮标，漂浮在海面上，据此他们就会知道，鲸鱼死后在哪里能找到它。他们把它拖到岸边，在那里从它的肚腹中取出龙涎香，而从它的头部可以取出几桶油脂。”

马可·波罗一行人在去往霍尔木兹海峡的途中与捕鲸船遭遇。他们停靠到岸边，抛下大木锚。

中国高大的海船在没有甲板的用椴树皮绳子缝结的阿拉伯船只当中，就像鸭群中的一只大鹅。波斯使者走出船舱，摆出一副趾高气扬的样子，摇头晃脑地喊叫。他被抱到小船上。到了岸上，他坐下来等着，直到有人给他牵来马匹。

晚上使者回来的时候完全没有了傲慢的神情，甚至憔悴了。最初他不言不语，惶恐不安，后来才对与其交好的那些老商人讲了所发生的诸多不幸事件。

波斯的事件与战争

在伊朗使者前往中国迎娶新娘前四年，即 1282 年，伊尔汗阿八哈辞世。

伊朗与金帐汗国和海都王的领地接壤。为了防备海都王攻打波斯，阿八哈在去世前几个月把自己的儿子阿鲁浑派到边界。

阿鲁浑驻守在质浑河上，这条河流也曾被称为乌许斯河，现在叫阿姆河。

阿鲁浑王子英勇无畏，相貌出众。蒙古公主就是要护送到他那里的。之所以把她嫁给阿鲁浑，是因为他的第一任妻子已经去世，此事您已经知晓。

阿鲁浑与海都王的弟弟博拉克作战，并将他击败。在战争期间，阿鲁浑的父亲去世。阿鲁浑集结部队，一路急行军，意欲继承王位。

阿八哈有一个弟弟，马可·波罗称之为亚科马特－萨尔丹，而他的真名是阿赫默德·帖古迭儿[1]。

1　帖古迭儿（？—1284），旭烈兀之子，阿八哈之弟，1282—1284 年为伊儿汗国第三任君主。

帖古迭儿离皇宫比阿鲁浑近一些，因此他抢先抵达那里。

帖古迭儿非常明智。他第一个来到宫廷，给部队发放财物，于是他在一个星期之内便召集了一支骑兵队伍，迎战阿鲁浑。

据鲁斯梯谦讲，此时发生了一场激战，人们相互厮杀，弓箭四射。鲁斯梯谦所讲的，与当时英雄小说通常所写的相同。而使者则讲述了真实情况。

阿鲁浑开始溃逃，他藏进了一个堡垒，在堡垒里被活捉。此时他的叔叔急于离开，便将阿鲁浑戴上镣铐囚禁起来，自己却回了家，回到了宫廷——那里美女众多，庭院里绿色的葡萄架绵亘蜿蜒，玫瑰绽放，天鹅清晨在像瓷器般明澈的池塘中鸣叫。

阿鲁浑戴着镣铐被囚禁着。他仇敌的手下有一些军官，他们拥有自己的部队。这些人当中有布加、厄尔息德、托干、特加那、塔拉一提尔、乌拉台和萨马加。

这些人密谋，释放了阿鲁浑，包围了长官帖古迭儿，朝他射箭，并且亲自上前抓捕他。

阿赫默德·帖古迭儿只得逃生。他一路急行，途经杰尔宾特前哨。在这里，他被驻防关隘的将领们俘虏，这些人让他骑上马，带着他疾驰而去，只有换马时才停下来。将领们来见阿鲁浑，把阿赫默德·帖古迭儿扔到阿鲁浑脚下，扔到称之为“血毯”的皮革地毯上，但是并没有杀他。

阿鲁浑说：

“我会好好地对待你。”

他下令打断叔叔的脊梁骨，然后把他扔到人们再也见不到的地方。

于是阿鲁浑便登上王位，所有人都前来参拜，视其为国君。阿鲁浑派遣自己的儿子合赞[1]去守卫边境，以防敌军越过阿姆河。

不久后阿鲁浑病倒。有人给他喂了药，他喝了那药以后却死了。据说，是他的另一位妻子毒死他的。

阿鲁浑死后，他的叔叔海合都[2]攫取了王国，而合赞则成为其边境的附庸国。

海合都执政，召合赞觐见，可是他却没有来。

这样一来，使者不知道该把公主送到哪儿去，自己该去哪儿。他在这段时间错过了太多事件，甚至不知道该听命于谁。

1 合赞（1271—1304），伊儿汗国第七代大汗，阿鲁浑大汗的长子。

2 海合都，又译作乞合都，蒙古人，阿八哈次子，阿鲁浑之兄弟，伊儿汗国的第五任君主。

商人将公主托付于合赞

海合都被马可·波罗称为凯嘉图，他是个智慧的君主。他有许多妻妾，他通过信使传达旨意说:“请将公主送到合赞处。”

商人们和使者火者带着两百余人的护卫队伍出发了。

他们带的护卫不能太少，因为全国上下都在打仗。

人们翻山越岭，饮用生涩之水。阔阔真公主和她的朋友——宋朝的公主，两人都沉默不语。她们说什么都为时已晚，因为在波斯的领地上没有女性表达意愿的风俗。使者们来到合赞那里。

在途中，尼科洛·波罗、马费奥和马可听说忽必烈大汗去世。

这意味着，不可能再回中国了。他们把公主交给合赞。分别时，阔阔真痛哭不已。

公主们独自留下。

至于合赞，他很幸运。他召集军队出征，一场厮杀，击败对手，将其处死，而这就发生在使者们离开不久之后。商人波罗一家就是这样的人——他们总是赶在战争之前离开。

他们就这样一路走来，现在则停留在大不里士，在这里买卖珍珠并抽空向合赞送去消息。

自商人们离开威尼斯至今，几乎已经过去了四分之一世纪。

商人波罗一家把所有商品都换成了宝石。

周围的战争如火如荼，他们无法请到护卫。商人们穿上乞丐的衣服，骑着毛驴，跟在骆驼商队后面。骆驼迤逦而行，都用鬃毛绳连在一起，它们边走边叫。毛驴也叫个不停，折磨着商人们的耳朵。他们需要用脚抵住驴屁股，用力拉住驴尾巴——那样驴才不会叫。

商人们离开大不里士，将大海抛在身后。这海就是所谓的丝海，我们则称之为“里海”，即门户之海。

他们一路走来，绕过战火连绵之地。在梯弗里斯城[1]，他们在带有热自来水的浴池里洗了澡。他们轮流看守着自己的衣服。穿着木屐在浴池的石头地板上走来走去，用热土去除身上的污垢……

格鲁吉亚人相貌出众，留着短发，长于射击，善于作战，但还是要向鞑靼人纳贡。只有在偏远的峡谷里躲藏着一些独立的部落。

他们在格鲁吉亚边境看到了地下油的产地，这种油可以燃烧，但是不能食用。格鲁吉亚全国各地都烧这种油。

商人们从这里开始走的都是极窄的峡谷，并用一些衬衫换取通行证：这些衬衫要撕成许多条，山寨之主有多少兵就得撕成多少条。他们越过山隘，在山毛榉林中行走。此地的树上都长着一块块灰黄色的苔藓，树木威风凛凛地屹立在岩石上，那样子就像下山的骑兵威武地坐在马鞍上。

---

1 梯弗里斯，格鲁吉亚城市第比利斯的旧称。

道路沿着狭窄的沟堑而行，蜿蜒曲折，不时地中断。骑马者的双腿都能碰到沟堑两壁。

河流奔腾不息，河里漂浮着因撞击到岩石而变得毛烘烘的沉重的原木。这里的树木会被运送出去。该国以榉木和珍贵的黄杨而闻名。

三个威尼斯人来到特拉布宗[1]海边——他们是两位老人与马可·波罗——在这里没有人叫他先生。

在特拉布宗市，他们做了很长时间的买卖，哭着请求船长给他们在甲板上留了位子。这艘船的船帆是亚麻布做的，他们已经很长时间没见过这样的帆了。轮船散发着树脂的味道，而不是鱼油味儿。

船帆鼓起，高加索海岸上的灰色峭壁游动起来，白色的山峰在远处隐现。大海奔腾向前，海浪层层翻卷。他们航行了很长时间，后来经过君士坦丁堡——在这里威尼斯人没有上岸——他们已经侧面从水手那里得知，热那亚人控制了这片海域。他们途经一些城市，远观了秘鲁，目光寻觅着蓝色旗帜——却没有看到！他们经过希腊的一些白色石头岛。

夜空中的星星是熟悉的，北极星还在老地方高悬着。

海上出现的正是威尼斯，它的变化太大了！

只有蔚蓝的大海仍然保留着那种颜色，而城市则成了石头城。自从马可·波罗离开家乡，已经二十四年过去了。现在已经是 1295 年了。

---

1 特拉布宗，现为土耳其东北部港市。位于黑海东南岸的一个地岬上，北靠黑海山脉，曾是从黑海通往安纳托利亚东部、伊朗、中亚地区的重要海港。

商人波罗一家下了船。黄色的大理石桥十分光滑。后来在威尼斯人们传说，在这里要小心三样东西——湿滑的石阶、牧师和风骚的女子。

他们的双腿因海上航行而软弱无力。但这就是里亚托岛了，许多桥梁将其与其他岛屿相连。熟悉的木房就在眼前。

房顶长满了青苔。

三位旅行者敲了敲门。

开门的是一位老人。

房子里一点变化都没有。仆人老了。他打量了半天这几个乞丐。年长的乞丐用一只脚把木椅子拉到以前摆放的位置上，然后坐了下来。

仆人哭了起来。

“进来吧，老爷们，命运虽然没有眷顾你们，但是我们的房子还在。”

从里屋走出来一些亲戚。房子已经破旧，运河散发出潮湿的气味。

红色短靴和戒指

凡是去过远方的人，回来后要是讲述其他人不知道的稀奇之事，都会被认为是骗子。

凡是去了远方很久没有回来的人，都会被认为是死了。

在商人波罗一家不在的漫长岁月里，威尼斯发生了巨大的变化。圣马可大教堂旁边建起了一座高大的钟楼，入口处是缓坡，而不是楼梯。从被脚手架围起来的钟楼上，马可·波罗俯瞰到了整个城市——新的石头房子，令人赞叹不已的塔楼，以麦秸覆盖屋顶的木房，那是一些声名显赫的商人之家，接着是潟湖、滩涂、要塞和岛屿——这都是威尼斯的臣民，而远处则是连绵的山脉。

两个马蹄铁形的辽阔水域环抱着岛屿。许多昏昏欲睡的黑色威尼斯游船在一排排房子中间飘飘摇摇。运河就像是停泊在港湾里的那些船只间的空隙。

圣马可广场拥挤热闹。广场上有圣马可大教堂，教堂旁边有两根花岗岩石柱。一根石柱上是铜制的飞狮，另一根石柱上是威尼斯城古老的守护神圣狄奥多的雕像。威尼斯还是拜占庭附庸的时候，狄奥多就已经是城市的守护神了。马可和他的飞狮象征着独立。铜狮和狄奥多铜像之间的距离只有几步之遥。

威尼斯允许在这个地方玩骨牌以及其他游戏，而其他所有地方都禁止玩游戏。

这是一个自由之地。

广场上无数民众汇集，肮脏不堪。来自各地的人们讲着不同语言，在这里往来穿梭，尽量不踩到卖破烂的那些人的破烂东西——他们在兜售来自世界各国的破旧布头；也尽量不踩到一串串干鱼、一堆堆青葱和大蒜。各个民族的人们，有黑皮肤的，有红头发的，有白头发的，穿着形形色色的服饰，在广场的四个角上、广场中间、可以随意接近的石柱旁边，甚至在总督府的台阶上大便。这里没有一块石头可以让人用脚碰触到而不会感到嫌恶。

这个广场——不知是广场，还是甲板，它下面船只可以通行，因为它建在木桩之上。

威尼斯总督被称为“四分之一和半个罗马帝国之主”[1]。

总督之位价格虚高，可以讨价还价。

总督仍然穿着红色短靴，就是拜占庭皇帝穿的那种靴子。但是至于像七十年前梦想的那样迁都君士坦丁堡，在威尼斯已经不再有人提及了。

每年一次在春末时节，庞大的平底礼仪船都会开到海上，这船

1 公元 1203 年，威尼斯总督恩里科丹多洛凭借出色的金融战天赋，把罗马帝国的首都君士坦丁堡洗劫一空，分得了传说中“四分之一又八分之一”的“城邦领土”。

称为“布岑塔弗尔”[1]。这种船很重，特别容易翻；上面载有高大的宝座；宝座上坐着总督，四周是使节和商人，船上插着一百面旗。主教戴着十字架走出来，宣读圣礼书上的有关婚姻的教规。

所有人都摘下帽子。礼仪船缓缓而行，而总督在把戒指投到水中时说道：

“我们与你缔结婚约，我们拥有主宰你的真正的永恒的权力。”

大海此时恭顺有加——通往世界的道路要经过威尼斯的诸岛，要经过希腊人用以抵债的各个岛屿，还要经过博斯普鲁斯海峡，经过整个黑海，而这片水域就是应该忠实于总督的大海。

但是大海却与热那亚、比萨一起背叛了威尼斯。

马可·波罗记得另外一个大海，海上高悬着其他的星宿。那个大海在夜里闪闪发光。在那个海里生长着珊瑚，在那个海中岛屿上到处都是珍贵树木。那个大海散发着香味儿。那是令人喜爱的海洋，但他却背信弃义，虚情假意，不会再回到那里去了。

马可·波罗感到无聊，这里没有人和他说话。

他的叔叔和父亲甚是不安——没有人邀请他们去做客，他们的房子就像得了瘟疫一样无人敢靠近。

1　布岑塔弗尔，最初名为布奇托诺，是威尼斯总督的专用礼仪船，船长约三十米，宽六米。自12世纪至1798年，在耶稣升天节那天，总督都会乘坐礼仪船出海，主持象征威尼斯与海洋联姻的仪式——总督会亲自从船上向大海投出一枚订婚戒指，以示威尼斯与海洋的和谐共存。

“请摘下帽子”

尼科洛和马费奥比马可年长，他们在这个城市里长大，城里没有足够的盥洗用水并不会让他们感到惊讶。运河的气味令他们心旷神怡。只有一点令他们沮丧——没有得到足够的敬重。

波罗家黑暗的大厅里很冷。

兄弟俩在逐一挑拣物品，相互之间用汉语、鞑靼语交谈，招呼仆人时用简短的印度语，当两人不希望仆人听懂他们谈话的时候，就说意大利语。有时他们与亲戚交谈会误用阿拉伯语。他们傍晚在壁炉旁取暖，挥霍着昂贵的木柴。对此亲戚们在里屋窃窃私语——他们窃窃私语着，没有人来到壁炉前。

炉火边没有马可·波罗坐的地方，父亲在这里不再称他为“先生”。

兄弟俩正在准备举办盛大的宴会。在威尼斯这是罕见之事——那里的人不喜欢吃免费之餐。

宴会将在波罗家举办。主人要展示东方的物品，会告诉人们一些新的路线，还会讲述在旅途中如何避开战争和城堡主——即劫匪。

即便这些冒着波罗之名而来的人都是骗子，听听有关东方的事情也还是很有趣的。

大厅被蜡烛照得通明，桌子上铺着桌布。宴会开始前，仆人们给所有人递上气味芬芳的水洗手。壁炉中燃烧着肉桂——壁炉的火苗已经吞噬了一笔不小的财产。

房子里挤满了人，可是主人还没有出现。

他们终于出来了，三个人都在一起，身着鲜红色缎袍。

客人都坐到了桌旁。此时波罗一家站起身来，脱下鲜红色缎袍，再换上一件红色花缎长袍，而鲜红色缎袍则撕成小块，分送给仆人。

他们在高加索就是这样撕碎衬衫来支付通行费的。

客人吃饭的时候都默不作声。

热菜上来以后，客人们已经酒足饭饱，骨头全都扔到了桌子底下的篮子里，地板上的苇席变得脏兮兮的，此时波罗兄弟闷闷不乐地看了看被酒浸湿的桌布，把身上脱下的花缎长袍撕碎，又换上了天鹅绒长袍。

客人们不言不语地用餐，没有人赞叹，他们都在想这所房子里是否还有其他东西，这些晒得黝黑的人带回来的习俗多么奇怪！

然而宴会仍在继续。波罗一家人脱下身上的天鹅绒长袍，撕开后分给仆人。此时一个客人忍不住嚷道：

“尼科洛和马费奥，你们在干什么？”

他认出了这家的主人们。但是主人们默默地去了另一个房间，回来时穿着日常的衣服。

此后，身为晚辈的马可·波罗站起身来。他离开桌子，抱来一些粗布衣服——正是穿着这些衣服，他和他的父亲、他的叔叔途经鲁吉亚抵达特拉布宗，并渡过了黑海；正是穿着这些粗布衣服，他们回到了富裕的城市威尼斯。

马可把这些脏兮兮的粗布衣服扔在桌子上。客人们赶紧闪开，抖搂着衣服——他们知道，虱子不仅令人厌恶，而且还会携带传染病；他们知道，甚至来自东方的最纤细的毛线有时都会带来瘟疫。

波罗俯下身，把这些粗布衣服撕开，于是从肮脏的破布里面纷纷滚落出蓝宝石、祖母绿、钻石和红宝石。

宝石都很大。商人们立刻就看到了。大厅里响起窃窃私语声。

一堆宝石杂乱地放在粗布衣衫之间。

波罗兄弟俩默默地站着，只是他们的嘴唇在颤抖。

客人很晚才散去。仆人送他们的时候拿的是蜡烛，而不是火把。客人从波罗家的码头爬上船的时候，面朝房子，背对游船。这里所有人都是这样上船的，而波罗家的奴隶鞑靼人彼得觉得这种做法荒谬可笑。在中国——一侧船舷与码头紧挨着，人可以安安稳稳地上船。

客人们各自回家去了。

尼科洛老人穿着华贵的长衫在房间里踱来踱去，数落着已经远去的客人。

“你看，”他朝马可转过身说道，“你看，亲爱的，我疏忽了对你的教育。在我们威尼斯，以前的风俗是选举父亲在世的人当总督。总督的父亲必须在儿子面前行脱帽礼，于是他便想到一直不戴帽子在城里走路和乘车。中国人是黄色人种，但是他们的传统很好：尊敬长者。鞑靼人对你青睐有加，才称你为‘先生’。你也不要出去跟其他人讲外国那些令人难以置信的事情，我的儿子，以免被当成骗子。”

“要是问我，我就说。”马可说。

“要是问我，”父亲说，“我也会说，不会撒谎。但是我会用鞑靼语回答，以免我的真话被视为谎言。”

老商人又喝了些酒，十分和善地继续说道：

“你行行好，跟我说话的时候，就摘下帽子吧。我现在要去睡觉了，你监督着把各个房间收拾好。”

科尔丘拉岛战役

在13世纪中叶，带有单排桨的大型划桨船被称之为“大桡战船”。除了船桨以外，大桡战船上还有一些三角形船帆，但在战斗中要收起来放到船桨下面。一艘普通大桡战船长五十米，宽六米，每支船桨要由五名桨手划动。大桡战船上的船员有时多达四百五十人。

为了让人们学会划动大桡战船，在威尼斯城常常举办划船比赛，参加划船比赛的也有女性。要想学会在大桡战船上划桨，至少需要三年时间——这是一件很难的事情，以至于后来这成为苦役的同义词。

大桡战船上的桨是这样划的：船长一直站着，手里拿着两把锤子，他用锤子敲打挂在左侧和右侧的圆盘。一个圆盘发出的声音响亮，另一个则声音低沉。右面的桨手和着右侧圆盘的节拍划桨，左面的桨手则听着左侧圆盘的节拍划桨。桨手们通过变换左舷和右舷船桨的划动，操控战船行进，协助掌舵。

在俄罗斯，大桡战船后来被称之为“划桨帆船”和“双桅帆桨战船”。

除了几队桨手以外，大桡战船上还有几队弓弩手。练习这些技能的是十五岁到三十五岁的人。弓弩手的训练由参议院监督，他们从圣马可广场朝着圣尼古拉教堂方向前往利多[1]训练，即在海岸上训练。每支队伍有十人或十二人，这也称之为一打。各队之间的比赛激烈异常——一等奖包括几袋黄金和一把贵重的弩。此地必须不断训练人们掌握战术——大海已经背叛威尼斯，他们要为夺回大海而战。

热那亚人在商路上排挤威尼斯人。克里米亚南部海岸的许多贸易站都转到了热那亚人手里。他们占领了顿河河口，因此现在是他们，而不是威尼斯，出口世界上最优质的鱼子酱。带柠檬汁的鱼子酱被认为是一种珍贵的菜肴，可以让男性恢复精力，因此价格极其昂贵。

在里海，热那亚人抢占了丝绸贸易。而在君士坦丁堡，热那亚人则恢复了拜占庭皇帝的权力，因此现在他支持他们。

他们在达达尼尔海峡扼住了威尼斯的咽喉要道。

1298 年 9 月初，圣马可广场上的威尼斯人庆祝了赫拉克勒斯训练[2]，工匠们修建了四层的金字塔，炫耀了自己的实力，而庆祝活动快结束时，在喝完酒之后，运河东岸的士兵与西岸的士兵在桥上打了起来……就在这些事件不久之后——在这些秋季温暖的日子里，热那亚人的庞大船队开进亚得里亚海。他们走的是右岸，袭击了臣

1　利多，意大利亚德里亚海北部沿岸的沙洲，现为欧洲有名的海滨浴场。

2　即勇士训练。赫拉克勒斯是希腊神话中宙斯与人间一女子所生的儿子，是最伟大的英雄，以力大闻名。

服于威尼斯人的达尔马提亚海岸。威尼斯人乘坐九十艘大桡战船出去迎敌。他们必须摧毁热那亚船队，为聚集在威尼斯港口的商船开辟通道。

9 月 7 日刮起了大风暴。风暴吹散了战船——船帆被收起，桨手们艰难地划着桨；大海在晃动，战船的甲板都浸湿了；圆盘哗啦作响，船桨支在桨架上轰鸣着。

桨手们唱道："啦——啦——啦！"

船长马可·波罗就是这样教他们的，他是一个相当了不起的人，全意大利有许多人都知道他，但是，其实人们都嘲弄地称他为"百万先生"。他在威尼斯一直在谈论大汗、猎豹和纸币。

大桡战船船长马可·波罗（这是他目前的军衔）指挥得不错。对于从中国划船到达沙特阿拉伯的人来说，亚得里亚海上的道路并不可怕。

到了早晨，风停了，天空放晴。后来又起了风。于是，人们把船帆升起，桨手们则收起船桨，以避免妨碍战船行进。地平线上清晰可见灰白色的天幕，甚至可以看见水边上竖立着的鸟儿的白色翅膀。风鼓起船帆，战船前行，左侧远处是达尔马提亚海岸——岸上长满造船用的粗壮的树木。天空晴朗，太阳冉冉升起。正是从太阳升起的地方驶出许多热那亚战船。

威尼斯人需要迅速降下船帆，装上船桨。太阳耀眼夺目。

热那亚人划着船，他们的船桨划破水面，来势迅猛。双方交锋，弩手们搭弓射箭。战斗开始。

威尼斯的战船排成半圆形，它们后面是利萨岛，左侧是科尔丘拉岛。威尼斯人如果能占领两个岛屿之间的通道，就可以把热那亚人合围起来，烧毁他们的战船。

双方越来越近。战船与战船相接。人们扔掉船桨，厮杀起来。在战斗最激烈的时候，悄然驶来二十艘热那亚人的战船，就好像是从水里浮出来似的。夜里的风暴把它们抛离了船队，它们就停在拉各斯岛后面，现在不合时宜地出现了。

威尼斯人调转战船，意欲撤退，然而他们是逆风行驶。风增加了他们船桨和船首的阻力，热那亚人迎头赶上——著名的热那亚弩兵大获全胜。

在这一天，热那亚人抓获了威尼斯七千名水手，威尼斯船队的首领从他那艘战船的桅杆上跳到甲板上摔死了，马可·波罗在战斗中被活捉。

地狱的典范

在热那亚，一万八千名身份显赫的公民平常就穿着真丝衣服，而另外八千人虽然有衣服穿，却每天都在编织这种丝绸和天鹅绒。剩下的六万热那亚人，无论是丝绸还是天鹅绒，甚至连摸都没有摸过。

在热那亚有许多大型船厂和享有盛誉的军械制造厂。在热那亚有一些极为隐蔽的监狱，而监狱里光是威尼斯人就有五千之多。

热那亚城建在山坡上。它以港口附近的露天剧场闻名遐迩，露天剧场是半圆形的，就像是马戏团舞台的一部分。这个剧场直径达两千米。热那亚的城墙长二十公里，环绕着整个城市。热那亚的街道高低不平，有很多陡坡。街道两侧的房屋都是大理石的，因为离这里不远就是世界上最好的大理石采石场。

然而，热那亚人的习俗是把自家的石头房子漆成绿色和红色，因为他们厌倦了大理石。

海岸上隶属于热那亚的区域，长度为五百公里，宽度则是从大海一直到山脉。

热那亚人称自己的这个区域为“热那亚河”。

因此，他们也用水域的名字来称呼陆地。

圣乔治被认为是热那亚的庇护者。他的宫殿在建造时深受阿拉伯人建筑的影响，但是在细细的圆柱之上，即在宫殿顶端，建有一面厚重的墙壁，带有两排大窗户。这既是宫殿，也是要塞。在宫殿下面是地下室的大理石拱门，在拱门里监禁着共和国的敌人。自1284年起，这里就囚禁着被俘的比萨人。

比萨是一座离热那亚特别近的城市，也是它的竞争对手。女人们从比萨步行不远就到热那亚——她们途经卡拉尔大理石采石场，去为丈夫哭诉、送去赎金、转交食物。

阳光很少能照进地下监狱，而且很快就消失了——墙上高窗的影子没多久就倏然而逝。

不久之后，红胡子的佛罗伦萨人但丁在自己的长诗中描述了这个地狱。

但丁的地狱建得像一个露天剧场，一圈一圈越来越低。但丁的地狱里满是意大利人。除了意大利人，在这个地狱还有一些古罗马人，其他民族就没有地方了。

这个地狱是喜爱辩论的意大利的典范：来自各个城市的人们在那里围坐成一个个圆圈，市民们彼此之间进行辩论，在永恒的黑暗中在头领们面前相互间做着轻蔑的手势。最近十年的恋爱勾当、委屈、与贷款人的争议，从上到下充斥在但丁的地狱。

但丁的地狱很像热那亚的监狱。

比萨人与威尼斯人坐在一起。这里还有帕尔马人、托斯卡纳人、拉文纳人。

监狱里的人们说着不同的语言；人们在辩论、打架斗殴、与狱卒对骂；清晨等待着阳光，傍晚等待着就寝，日复一日等待着戴着镣铐死亡。

囚犯之间的话题早已枯竭，他们早就反复谈论过那些败仗、劣质的面包、盐水。他们相互间用意大利语吵架，而共同的语言则是法语——这是宫廷和商人的语言。

被囚禁最久的犯人是比萨人鲁斯梯谦。他在梅洛里亚海战[1]中被俘。这是一个游历过面积不大的整个欧洲的人。他住在西西里岛，享有盛名，擅长翻译、改写，用一些爱情故事补充有关圆桌骑士[2]的旧小说。

鲁斯梯谦写过许多小说，其中的主人公往往四处流浪，能战胜巨人，也会背弃自己的信念。这些小说中的女性都很优秀，强壮有力，常常在战斗中击败男性。

那些女性会装扮成男人进入宫室——正是在这里某些人意欲将其阉割，让她们变成宦官，自此发生一些有趣的冒险故事。当时的女士们和先生们都不会羞于听这些故事，而是以此为乐。

比萨人和威尼斯人即便是在监狱里也没能结下深厚的友谊。敌意由来已久——产生于海上。1098 年，威尼斯船队和比萨船队驶往巴勒斯坦。在罗德岛附近，两支船队相遇。二者就圣尼古拉的遗骨

---

1 梅洛里亚海战，比萨与热那亚之间的战争，1284 年爆发，在与热那亚的交战中，比萨军舰尽毁，不少水兵被囚。

2 圆桌骑士，传说中不列颠伟大的国王亚瑟王所领导的高贵骑士。

问题产生一些宗教方面的“争执”。结果，比萨船队被击沉，而威尼斯人继续前进，洗劫了士麦那，占领了雅法，由此开始了其商业共和国的辉煌史，成为许多海岸和岛屿的领主。

鲁斯梯谦的俘虏生活是没有希望的——比萨城政权更迭，甚至没有人为囚犯提供赎金。比萨已经惨败。热那亚船队沿阿尔诺河直上，兵临城下。比萨躬身俯首，就像它那著名的斜塔一样俯下身去。

佛罗伦萨人、卢卡城的市民、威尼斯人、科西嘉人坐在监狱潮湿的地板上，不睡觉的时候就争吵不休。

这个监狱里所有的人都是意大利人。但是那时候意大利尚未统一，因此他们争吵的都是一些地方性问题。他们相互讲述的故事，都是有关威尼斯、热那亚、比萨商人的。

只有马可·波罗船长一人讲的故事与众不同。他讲的是遥远的中国、京师里那些娴静的妻子、西藏的奇风异俗、蒙古人的战争，讲得最多的是商路的故事。

现在囚禁在监狱里的人，都是为了海上之路而作战、打仗；现在囚禁在监狱里的人，都是为了港口、船舶和贸易而出生入死。

时间多得很。监狱中的痛苦一成不变，就如同地狱中的痛苦一样。时间在这里几乎没有区别。

人们听马可·波罗讲故事——他日复一日地讲述。人们不相信他、嘲笑他的时候，他就默不作声，然后等人群安静下来他再开始讲。

在监狱里，有些人知道黑海和丝海，我们现在称之为“里海”；还有的人在亚美尼亚生活过。

原来，马可·波罗没有说谎。

监狱里太寂寞无聊了。鲁斯梯谦已经多年身陷囹圄，最初他失去了希望，后来连绝望的情绪都没有了。他被囚禁十二年，所有那些关于一些指环在让囚犯看不见的情况下将其释放出狱的长篇小说、精彩的故事，关于巫师、飞马的故事——都已经穷尽了。

鲁斯梯谦知道的那些长篇小说里面往往有许多游记类文字——小说中常常插入一些前往远方的旅行。确实，去旅行的都是骑士，但是商人远行也会随身携带宝剑——宝剑不是佩戴在他们的身体一侧，而是挂在马鞍上。

有一次，鲁斯梯谦先生好不容易弄到了纸张、墨水，他便开始记录波罗船长所讲的事情。

最初，为了避免弄错，马可·波罗讲的都很简短。鲁斯梯谦给这个大纲附上了引言。

鲁斯梯谦写的章节都很短——是一天可以记下来的。

马可·波罗很执着，他口述自己的故事，按照贸易路线讲述，让鲁斯梯谦写下他所知道的那些事。他时常讲的是，某人经销什么，需多少天的路程。

当时狱卒并没有职责上报犯人的死亡情况，但是狱卒回家后转述了监狱里的一些故事片段。市场上开始有人谈论遥远的苏门答腊岛、长着许多脚的蛇。许多知名人士来到监狱——听这位黄脸的、长胡子的威尼斯人有条有理地讲故事。

威尼斯人似乎并没有说谎。他讲述了世界及其商品是多么丰富多彩。人们开始往监狱带辣椒和名贵松脂的样品——他来辨别商品，说出其准确的价格以及在哪里购买比较好。

时间流逝——每天一章，于是便有了好几百章。

战争结束了。

鲁斯梯谦先生与几个比萨人一起出了狱……

监狱里又来了另外一些人，他们说的是别的语言。

这本书还没有写完，因此鲁斯梯谦先生又被拘留。对他的看守比较宽松，于是他完成了这本书。他变得很快活，常常去找女人，还叫上马可·波罗。

马可·波罗很生气，因为鲁斯梯谦在书的结尾删去了地理情况，一味地描写一些战役，重复着骑士小说的片段，并经常谈到一些出色的姑娘，她们穿着黄色衣服，在战斗中往往战胜男子。

长篇小说当时在世界各地很流行。阿拉伯人已经写了骑士小说，波斯人也写了长篇小说，这些惊人的故事非常单调。

马可·波罗很生气。他让鲁斯梯谦记下有关北极星、有关一些通道穿过山岩的事情。他敦促这个快活的比萨人准确地记录鞑靼人的名字，甚至自己开始学习写字，学会了用拉丁文签自己的名字。

还有另外一个问题：不能把最近的路线泄露给热那亚人。因此，故事越接近熟悉的地方，马可·波罗说错的就越多，他漏掉的名称也越多，甚至允许鲁斯梯谦把自己真实的旅程变成一部小说。

马可·波罗受到尊重，他是共和国的见证者。热那亚觉得，它与马可·波罗一起获得了忽必烈本人赐予的部分荣誉。

马可·波罗最终被允许返回到威尼斯，他已经很久没有收到那里的消息了。

当你阅读马可·波罗的书时，你就会看到，书在写完以后并没有再回到他手里。这本书缺少作者的校正。

马可·波罗离开时，可能把这本书留在了热那亚。他是听到传闻才知道这本书的。马可·波罗的书不为科学家所接受。

马可·波罗告诉科学家的，并不是他们想知道的。

马可·波罗想为商人写一本书。

鲁斯梯谦想为骑士和国王写书，所以在他的书中描写了许多战役。

马可·波罗做事认真，他的故事引人入胜。他是一个商人，而他的书却变成了长篇小说，变成了奇闻趣事。

他不为人们所相信，因为他是来自未来的人。

中国当时比欧洲发展得快。

马可·波罗返回故乡

1302年，但丁·阿利吉耶里被驱逐出佛罗伦萨，而他把这里称为美好的陋室。

马可·波罗先生在一年的监禁之后从热那亚回到里亚托岛上的陋室。

应该说，马可·波罗的父亲是个极其谨慎和乐观的人。

马可·波罗受到家人兴高采烈的接待。他立刻注意到，他的父亲似乎变得年轻了，甚至还刮了胡子。父亲旁边坐着叔叔马费奥，他则略显尴尬。

父亲开始这样说道：

“你当时从那个热带岛屿上带回来的植物种子，我们种在院子里纪念你。意大利的寒冷扼杀了嫩芽，我们感到非常遗憾。”

马可·波罗沉默不语。

“我们非常难过，”叔叔这时说道，“因为你被俘虏了。我们原本希望，你回到威尼斯以后尽快结婚。当时我们回来以后犯了一个错误，没有给你娶妻。你知道这个国家的习俗……”

“我们国家。”尼科洛用鞑靼语纠正弟弟的话。

“你知道威尼斯的习俗，”叔叔继续说道，“我们都在遵循这习俗：有钱人家只能有一个兄弟娶妻，以防财产分散，而另外一个兄弟……”

叔叔笑了。

“可以通过妓女寻开心。”

马可·波罗还是什么都不明白。

叔叔接着说：

“我们担心你的牢狱之灾会持续数年，甚至更糟糕，你会死在那个监狱里，我们想过把你赎回来，但是热那亚人漫天要价，所以我们认为……我们认为，”叔叔继续说道，“哥哥尼科洛虽然老了，但是身体强壮，应该娶一个新的妻子。于是也就这么做了。在此期间，他成了你的弟弟斯特凡诺、马费奥和乔瓦尼[1]的父亲。孩子们非常可爱。亲爱的马可，你会很喜欢他们的。”

父亲羞怯地说道：

“别担心，马可，我甚至现在就可以把你的那部分财产分给你……你不在的时候，因排水管损坏，你被处以罚款。我们与公证人朱斯蒂尼奔走求情，这才取消了罚款……我的孩子都很健康，我甚至允许你和我说话时不摘下帽子。”

这个谈话是拉穆西奥[2]转述的，他是马可·波罗的第一位传记

1 据一些文献记载，马可·波罗只有一个弟弟，与其叔父同名，也叫马费奥。本书此处可能有误。

2 巴蒂斯塔·乔万尼·拉穆西奥（1485—1557），文艺复兴时期欧洲学者。

作者，因此谈话内容真实可信。

关于排水管罚款一事，甚至还留存着文件。

马可·波罗是一个聪明人，他没有因父亲操之过急而生气。他本人也结了婚，并且过着幸福的生活，但他是如何生活的，我后面还会再讲，因为我不愿意与我心中的英雄告别。至于阔阔真，她确实在 1296 年死于波斯。

马可·波罗比父亲活得长久，还给他立了一座墓碑。墓碑很大，用结实的石头制成，立在圣一洛伦佐教堂的柱廊里面。墓碑上刻有徽章，徽章上面有三只寒鸦；徽章的底色是天蓝色的，沙土色的寒鸦刻在银色的条纹上。

马可·波罗遇见自己

城市在大钟当当的响声中醒来。

九点钟吃早餐，正午吃午餐，晚上九点钟熄灯，然后也是听着钟声就寝。午餐很单调——鱼、猪肉。在餐桌上，鲟鱼和鳟鱼很少见，常常是梭鱼干……

整个城市共分为六个部分。连接各个岛屿的是没有阶梯的木制小桥。城市的中心是里亚托岛区，就是造币厂所在之地。最大的岛屿因此称为钱币岛。晚上房子里很冷。房间的窗户宽大，而且都是往里开的，这里的人们以此为荣。

这里的人们擅长铸造大钟、制造玻璃、加工烫金面料、香水和药品。在这里甚至连外科医生的工作间与理发匠[1]的工作间都是分开的。外国人生活在单独的街区。他们在这里做批发生意，收的是商品，而不是货币，他们在这里学习威尼斯的经商、交付票据的技巧。他们生活得像囚犯一样。像囚犯一样生活的还有马可·波罗与

---

1 从前理发匠往往兼用放血等土法治病。

他的鞑靼人奴仆彼得。

这里的房子都是木结构的，屋顶覆盖着板条和瓦片。那时刚刚开始铺砌街道。在幽暗的庭院里挖有水井，旁边是通向运河的污水沟。墙壁上总是沾满露水。房子旁边的杂物间分列在两侧，房子前面是几根拴船用的雕花柱子。

在马可·波罗那幽暗的房间里，摆放着拜占庭式的雕花椅子、挂着帷帐的床，而床上的床单一直垂到地板上。马可·波罗十分富有。

清晨大钟——木工钟[1]开始敲响。此时人们可以出门，走上运河沿线的狭窄小道。

城市热闹起来……

沿岸街到处弥漫着东方的气息。这里有许多东方的商品、熏香、药物的仓库。

非洲运到这里的是面包、蜡、羊毛、皮革。来自黑海和亚速海的是毛皮和金属。布料来自印度和中国。来自塞浦路斯的是粮食。

堤岸上到处散发着东方的商品、生姜、花椒、染料、布料的味道。从堤岸运往毛里塔尼亚、埃及的是小件的金属制品、圆桶、木制器皿、廉价的玻璃和奴隶。价格最高的奴隶是俄罗斯人，这个民族的人头发颜色较浅，非常健壮，他们生活的地方不是夜短就是昼短。奴隶市场对这些人的需求量很大——男子被带到埃及，在那里他们甚至比白种人价格更高；女人则卖到意大利。

---

1 最初威尼斯的建筑多由木材建造，城中有许多木工，圣马可教堂上的大钟由此以“木工”为名。

在堤岸上人们谈论最多的是价格：

“往埃及运去了两千个最好的男子。”

“十七岁的俄罗斯女子以两千零九十里拉的价格卖到佛罗伦萨，而二十四岁的女子价格为一千六百八十四里拉，最便宜的卖到威尼斯，价格为一千一百二十二里拉。”

船厂正在建造新的大桡战船。

3月24日将进行战船拍卖，人们都希望可以买到一艘战船。买到船的人在办理登记手续时要向圣马可教会宣誓，而且要与船长一起发誓，保证这艘船一定会返回军械库；发誓为货物、酒品负责；发誓如果想要把船卖掉，仍然会悬挂圣马可旗，并只会卖给威尼斯公民。

参议院的形势愈发严峻。威尼斯的上流社会已经垮了，领地变成了世袭，显赫贵族的名字都写进了金书，而这本书再次打开将是一百年之后的事了。

在圣马可广场上，人们戴着圆形贝雷帽和白色尖顶帽散步。他们身着绿色、紫色、红色的长袍，扎腰带的长外套，带金色衬里的外套。他们有着蓬松的头发和刮光胡须的面颊——威尼斯人生活富裕。

马可·波罗在威尼斯感到忧伤。他讲了很多故事，到很多地方游逛。

马可·波罗已经结婚。他没有儿子，没有儿子可以来维护父亲的荣耀。他只有三个女儿——贝莱拉、马莱塔和凡蒂娜。

马可·波罗本人在法院的判决书上签的是“nobilis vir”[1] ——贵族。

身穿紫色和红色外套的人们面带微笑向他鞠躬致意。

忽必烈已死，没有办法再回到东方了。热那亚人封锁了克里米亚的入口……

马可·波罗体验了另外一种生活，因而无法把自己的心交给威尼斯。他寂寞难耐。在早晚钟声之间，他常常回忆起蒙古帝国、长城、比威尼斯长一千倍的那些运河。

在木房的入口处，驶来摇摇晃晃的威尼斯游船。

在房子里，装在水晶瓶里的水非常混浊，那都是雨水，是从用黏土涂抹四壁的蓄水池中盛来的。

在总督丹戴罗[2]的府邸里面，在河岸的拐角处，今天这里在举办假面舞会——房子是石头砌的，里面灯火辉煌。

马可·波罗喜欢化装舞会：舞会的热闹、丝绸和天鹅绒很像大汗的宫殿。

乐队在大厅里奏起音乐，大厅里人们在喧闹、尖叫。有个戴假面具的人非常滑稽地在人群中穿行。他身穿红色绸缎斗篷，这是中国的绸缎。戴假面具的人走来走去，吵吵嚷嚷，喋喋不休。

这个人在说什么呢？

“在全中国到处都有一种黑色的石头，是在山上挖出来的，如同采矿一样，它们就像木柴一样可以燃烧。它们比木柴烧出的火更旺。

1　在1305年由一份文件中，马可·波罗被册封为“贵族马可·波罗·米林尼”。

2　丹戴罗（1107或1108—1205），威尼斯第41位总督。

如果在晚上，我跟你们讲，把火生好，就会持续燃烧一整夜，直到清晨。那里木柴也很多，但是石头更好烧。”

人们都笑了。马可·波罗这位能看懂五种文字、仅仅不会阅读拉丁语的人，走近一些，想要听一听，是谁在嘲笑他的话。

戴假面具的人继续说道：

“大汗的所有臣民出售货物收的不是硬币，而是纸币，大汗用纸币收购宝石和珍珠，他付纸币买下它们，商人们也愿意收纸币。”

人们都笑了。

戴假面具的人扮演的正是马可·波罗。马可·波罗还不知道自己的绰号，他不知道自己被称为“百万先生”，被认为是威尼斯最大的骗子。

人们围着戴假面具的人站了一圈——看到一个人遇到了自己的影子，大家都觉得很好笑。

马可·波罗站在那里，他想起了苏门答腊岛、犀牛、鲸鱼群、木板印刷的书籍、火灾，那是没烧起来的火花沿着竹管缓缓移动并最终在盐场形成了熊熊烈火。在这起火灾之前，还没有“意大利人”这个称呼呢。

他为什么来到这个国家？为什么他要把那个中国女人送给别人？

愚蠢的商人，你自己出卖了自己的幸福！如果大汗还在世，马可·波罗就算是步行也要回到那个国家，那里有很多宗教，可是人们却不相信其中的任何一个，他们知道世界是广阔的。

马可·波罗这位大汗的侦探和战船船长，转过身背对着戴假面具的人走出了大厅。

他沿着大理石楼梯十分平静地走下去，但是他多迈了一步，踩上了最后一个台阶，那里有一层水，薄得像纸一样。

摇摇晃晃的黑色游船吱吱作响，驶到船长脚边。

要坐上去，不再回头。

身后，人们在哈哈大笑。

游船沿着宫殿在水中的倒影行驶着，经过仓库的围墙。仓库高大的原木基座以及在二楼和三楼的高度上修建的大门，倒映在运河之中。

房子里很冷。床单潮湿。

啊，如果能在壁炉里用中国的黑石头生火或者哪怕是在五颜六色的纸灯笼里点燃蜡烛，那该多好啊！

“百万先生”最后一次讨价还价

清晨，马可先生的病情加重。亲属从医疗所给他叫来医生。

马可·波罗的药物价值十索利多——这是最高的价格。

马可·波罗没有康复。瓜尔蒂耶里先生是最有名的医生，他亲自去看望了马可·波罗。

“无论是在鹿高兴的时候割下来的鹿茸，”马可·波罗说，“还是植物之王人参，或者是您的医术，医生，虽然您能让我出汗，这对病人有益，但是都救不了一个已经七十岁的人，我活着已经不是享受了。”

医生离去。亲属请来神父。

游船载着圣餐沿运河驶来。仆人按了门铃；船夫们虽然没有停下划船，但是经过的时候，出于对圣餐的尊敬，都屈膝行礼。

神父坐到病人的床边，整理整理教袍，他把手放在马可·波罗花白的头上说道：

“愿你平安，朝圣者，你的人生之路已经走完。先生，在最后的时刻，您应该站在我们的上帝面前，承认您说过的谎言。承认吧，朋友，向我这个老头子承认，根本没有能燃烧的石头，没有可以印刷书籍的木板，或者这只不过是邪恶的巫术。承认吧，先生，您说横渡了印度海，这是在说谎。我们读过托勒密的著作[1]，知道印度海是封闭的，就像湖泊一样。放弃署您的名字传播的地图吧。世界是简单的，先生，我可以告诉您它是怎样构建的。地球就像'O'，里面写着一个'T'。这个'T'把地球分成三部分。这个圆的绝大部分是亚洲，下面的部分是欧洲和非洲。圣奥古斯丁[2]就是这样说的。您是一个开朗的人，请原谅我这个老头子——您撒了谎，就像商人那样。人们读过您的书。世界正在嘲笑你，先生。坦白吧，忏悔吧。上帝会赦免这个玩笑和毫无恶意的故事。请您承认，根本不存在长着许多脚、口中满是牙齿的蛇。请您在死亡面前承认，根本没有纸币，没有哪个国家条条道路像地板一样平坦，两侧种植着树木，这么说很可笑，最主要的是——请您承认，没有哪个国家的天空中看不到北极星。星星是永恒的，它们是上帝创造的。世界上没有什么比我们头顶的星空更加高远，比我们的良心更加高尚。您不明白，先生，您这些话的意思是，似乎在异国的大海上，您没有在天空中看到北极星。这将意味着地球是圆的。您是一个商人，您不是科学家。您不知道，基督是不能踏上圆形大地的；您所说的那些事——都是无稽之谈。请您以良心的名义承认，您污蔑了星辰，我们甚至不会烧掉您的书，因为归根结底还不是那么糟糕的小说——关于大

1 克罗狄斯·托勒密，又译托勒玫或多禄某，相传他生于埃及的一个希腊化城市赫勒热斯蒂克。古希腊天文学家、地理学家、星占学家和光学家，著有《天文学大成》《地理学》《天文集》和《光学》等。

2 圣奥古斯丁（354—430），古罗马著名的神学家、哲学家。

汗的小说。我们不会烧掉您的书，只在书中写上：‘马可·波罗先生的故事’或者‘关于大汗的小说’……”

马可·波罗于是答道：

“神父先生啊，人们精神上的信仰各不相同，而在各个国家，我看到了很多种信仰和不同的宗教。我见过许多把我当成恶魔的国家，因为我的肤色是白的。我见过许多人，他们以上帝的名义杀人。我见过许多人，他们以上帝的名义推着写满文字的磨盘来占卜。我有一个朋友，当我问他应该以什么相赠时，他说：‘送给我竹子的种子吧，我把它们播种在窗前，以免看到邪恶。’啊，牧师先生，这个朋友是个黄皮肤的商人。无论信仰还是天空，不同的国家各不相同，但是故乡只有一个，因此当北极星又出现在地平线以上孩子那么高的地方，我是多么高兴！”

神父于是挪开圣餐说道：

“我是否可以这样理解，先生，您死前并不想忏悔？但是您是否知道，即便在威尼斯犹太人得到人们的宽容，并且有权按照承诺获得钱财，但是无神论者没有权利签订协议以及签署遗嘱？想想您的孩子们吧。想想自己的罪过。”

此时马可·波罗笑了起来。

“朋友，”他说，“我是一个商人。我经商多年，我与有些人交易，甚至他们的语言我都不懂，但我们却能谈好价钱。我们甚至在犯了罪的时候，诸如在树林里采蘑菇、洗衣服以后，仍能与鞑靼人讨价还价。我会遵守我所生活的国家的法律，离开人世时，也不会绊住门槛不走。我知道您也是公证人。您找记录员来吧，我们来立遗嘱。”

神父垂下头说：

“我的教堂小教士就是记录员。”

于是他开始用惯常的声调口述道：

“以永恒的上帝之名，阿门。在我主耶稣基督现身后的1323年，一月份的第九天，里亚托第七个小纪年[1]之初。”

记录员写了下来。

门外的人边哭边听着。神父——公证员接着说：

“神的恩赐，就如同先见之明的结论，也表现在每个人在死亡的审判来临之前，都应该关心自己财产的分配，以防在万一情况下，不至于安排不当……”

神父乔瓦尼·朱斯蒂诺小声对马可说：

“但是，如果您不与教会和解，我是不会为遗嘱做证的，先生。”

于是马可·波罗说道：

“所以我，马可·波罗，来自金口圣约翰[2]教区，因身体上的疾病一天比一天虚弱，但是承蒙神的恩典，头脑健全，感觉和判断正常，派人找来乔瓦尼·朱斯蒂诺，圣普罗科利的神父兼公证员，并委托他撰写我的遗嘱全文。兹此我指定心爱的妻子多娜塔和亲爱的女儿凡蒂娜、贝莱拉和马莱塔为遗嘱执行人，让她们完成我指派的所有任务和赠予……”

1　古代宗教纪年单位，等于15年。

2　金口圣约翰，指圣约翰·克里索斯托莫（344—407），君士坦丁堡总主教，以雄辩闻名，因此有“金口”之称。

他停顿了一下，然后继续说：

“听着，朱斯蒂诺先生，除了向城市主教和全体神职人员缴纳法定的什一税，我决定另外增加两千威尼斯里拉，其中给圣劳伦斯修道院二十个威尼斯格罗索银币[1]。还要给从格拉达到卡波－德阿尔吉涅沿途的每一个医院四十个银币。我还要赠给欠我债务的圣札尼保罗教堂、雷尼劳兄弟、本韦努托的兄弟各十里拉，并免除他们欠我的债务。此外赠给里亚托的每个教会五里拉，我参加的工会或宗教团体的每个成员四里拉。另外赠给乔瓦尼·朱斯蒂诺神父二十个威尼斯格罗索银币，感谢他起草本遗嘱。同样，解除我的仆人鞑靼人彼得的所有奴隶关系，发放他在我家里用劳动赚得的一切，我还会赠给他一百里拉……”

“先生，”神父说，“在遗嘱中释放奴隶有悖习俗。据说，这会促使奴隶想法让自己的主人快点死亡。热那亚的法律甚至禁止这么做。”

“我不是在热那亚当俘虏，”马可·波罗反驳后继续说，“从其他财产中，我遗赠给上面提及的我的妻子多娜塔每年八个威尼斯第纳尔金币[2]，终身享有，并由她自己支配使用。另外，除了她的财产和家用布品，还遗赠给她所有的家庭用具以及三床装满羽毛的被子。”

神父说：

“我去准备这份文件的副本。”

1　格罗索，1202 年威尼斯开始发行的一种大额银币，纯度 0.965，重 2.18 克。

2　第纳尔，金币的名称。

“不要忘了写上，”马可说，“如果有人歪曲或违反此遗嘱，就要处以五磅黄金的罚款，归我的遗嘱执行人所有。”

“这个人，”公证人说，“还会受到整个教会三百一十八位神父的诅咒。”

“那就这样吧，”马可·波罗说，“叫彼得到我这里来。让他讲一讲我死前不想忘记的事情：讲一讲我们如何驶过那些人所不知的岛屿，如何在夜晚看不到北极星的天空下陪伴着那个女人——她的名字当着我的妻子多娜塔的面我就不提了。我把所有的家用布品、家庭用具和三床羽绒被都遗赠给我的妻子。”

尾　声

在从热那亚监狱获释八年后，在1307年，据说马可·波罗先生把他的书赠送给法国瑟普瓦镇[1]的蒂埃博爵士，他当时是驻威尼斯大使。在法国，人们开始抄写这本书，开始谈论这本书。在抄写的时候人们最后认为，书中所写是不可信的，于是只把它当作童话、小说来抄写。波罗书中的材料被写进了其他小说——例如，在博杜安先生[2]的小说中就有从马可·波罗的书中直接借用的内容。

很久之后这本书才到了地理学家手中。马可·波罗去世两百多年后出现了第一部旅行家的传记。它的作者是威尼斯十人议会[3]的秘书、地理学家拉穆西奥[4]。他将马可·波罗的书从法文翻译成意

1　瑟普瓦，法国卢瓦雷省的一个市镇。

2　博杜安·德·库尔特奈（1845—1929），俄国和波兰语言学家。

3　13世纪初期，威尼斯城由大议会管理，其中大部分的成员是由威尼斯具有影响力的家庭所组成的。大议会任命所有公开的政务官，并且选出200至300人组成的参议院。然后参议院会选出“十人议会”，这是一个掌握威尼斯最大管理权限的秘密组织。而这个组织则会选出一位总督，成为威尼斯正式的领导人。

4　巴蒂斯塔·乔万尼·拉穆西奥（1485—1557），意大利地理学家、历史学家、国务活动家。

大利文，并将它收入自己的文集《海洋和陆地旅行》的第二卷。

人们并没有马上相信马可·波罗，甚至在贵族的书籍当中旅行家的名字与带有嘲笑意味的绰号“百万先生马可·波罗”密不可分——这个绰号被记录下来。热那亚人知道里海是封闭的，但是他们对修正地图并不感兴趣。

但是，1320年马里诺·萨努多[1]在《十字架信念的秘密》一书中提供了新的十字军远征地图。他对欧洲、叙利亚、小亚细亚、阿拉伯的描写更加准确。他依据马可·波罗的讲述，在地图上非常准确地标出了格鲁吉亚、杰尔宾特、中国，并指出了亚丁[2]的位置，虽然它还没有标在红海的海岸上。

1375年的波尔图奥罗诺·美第奇的地图更加完善。这个地图已经与马可·波罗所看到的和谈论的相符合，并根据他的书标出了一些国家的名字，但是把这些国家混淆了。地图上已经标出了名为小爪哇岛的苏门答腊岛，还标出了孟加拉。

15世纪的伟大发现把马可·波罗的书变成了一部纪录性的书籍，在此之前该书一直冠名《大汗的故事》而广为人知。

1426年葡萄牙王子佩德罗在威尼斯寻找过马可·波罗的书籍。遥远的国度已经成为一种需要。

而热那亚人哥伦布在读了马可·波罗的游记之后确信，向西航行就可以抵达亚洲海岸，而无须绕过非洲，只要穿越大洋即可。他

---

1 马里诺·萨努多（约1260—1338），威尼斯历史学家、地理学家、国务活动家，曾遍游东方，在1321年向教皇约翰二十二世呈献了一部多卷本的著作，名为《十字架信念的秘密》，书中包含着一份旨在收复圣地的详备计划。

2 亚丁，也门共和国的城市。

甚至想要去比亚洲海岸更远的地方，他想要去日本国的各个岛屿，去日本这个拥有金色屋顶的国家。

1492 年 8 月，三艘帆船起锚向西航行。10 月 12 日上午，哥伦布在一个岛上登陆，这就是所谓的圣萨尔瓦多[1]。马可・波罗的书就像是指南针和地图一样，跟随哥伦布的轮船驶向新大陆。

人类的文化不是在欧洲，不是在地中海创造的，不是意大利人，不是斯基泰人，不是德国人，不是阿拉伯人，不是中亚居民，不是俄罗斯人，不是中国人创造的——它是由整个人类和全世界的共同努力创造出来的。

1936—1957

1　圣萨尔瓦多岛，又名华特林岛，是巴哈马的一个岛屿，同时也是巴哈马的一个区。